백치 아다다 외

한국문학산책 11 중·단편 소설
백치 아다다 외

지은이 계용묵·조명희·최서해·이무영
엮은이 김명진
펴낸이 안용백
펴낸곳 (주)넥서스

초판 1쇄 인쇄 2013년 2월 5일
초판 1쇄 발행 2013년 2월 10일

출판신고 1992년 4월 3일 제311-2002-2호
121-840 서울시 마포구 서교동 394-2
Tel (02)330-5500 Fax (02)330-5555

ISBN 978-89-6790-034-2 04810

출판사의 허락없이 내용의 일부를
인용하거나 발췌하는 것을 금합니다.

가격은 뒤표지에 있습니다.
잘못 만들어진 책은 구입처에서 바꾸어 드립니다.

www.nexusbook.com
지식의 숲은 (주)넥서스의 인문교양 브랜드입니다.

한국문학산책 11
중·단편 소설

계용묵·조명희·최서해·이무영
백치 아다다 외

김명진 엮음·해설

지식의숲

* 일러두기

1. 시대 분위기와 작가의 개성이 드러나는 문장이나 방언, 속어, 고어 등은 원문 표기를 따랐다.
2. 원본 한자는 한글로 바꾸고 작품의 이해에 필요한 경우에만 한자를 병기하였다.
3. 독자들의 이해를 높이기 위해 필요한 경우 괄호 속에 뜻풀이를 달았다.

차 례

계용묵 백치 아다다 ...007
조명희 낙동강 ...035
최서해 탈출기 ...061
최서해 홍염 ...079
이무영 제1과 제1장 ...111

백치 아다다

_계용묵

 질그릇이 땅에 부딪히는 소리가 났다고 들렸는데, 마당에는 아무도 없다.

 부엌에 쥐가 들었나? 샛문(정문 외에 따로 만든 작은 문)을 열어 보려니까,

 "아 아 아이 아아 아야!"

하는 소리가 뒤란 곁으로 들려온다. 샛문을 열려던 박 씨는 뒷문을 밀었다.

 장독대 밑, 비스듬한 켠 아래, 아다다가 입을 헤 벌리고 넙적 엎더져, 두 다리만을 힘없이 버지럭거리고 있다. 그리고 머리편

으로 한 발쯤 나가선 깨어진 동이(배가 부르고 아가리가 넓으며 키가 작고 양옆에 손잡이가 달린 질그릇) 조각이 질서 없이 너저분하게 된장 속에 묻혀 있다.

"아이구메나! 무슨 소린가 했더니 이년이 동이를 또 잡았구나! 이년아! 너더러 된장 푸래든 푸래?"

어머니는 딸이 어딘가 다쳤는지 일어나지도 못하고 아파하는 데 가는 동정심보다, 깨어진 동이만이 아깝게 눈에 보였던 것이다.

"어 어마! 아다아다 아다 아다아다……."

모닥불을 뒤집어쓰는 듯한 끔찍한 어머니의 음성을 또다시 듣게 되는 아다다는, 겁에 질려 얼굴에 시퍼런 물이 들며 넘어진 연유를 말하여 용서를 빌려는 기색이나, 말이 되지를 않아 안타까워한다.

아다다는 벙어리였던 것이다. 말을 하렬(하려 할) 때에는 한다는 것이, 아다다 소리만이 연거푸 나왔다. 어찌어찌 가다가 말이 한마디씩 제법 되어 나오는 적도 있었으나 그것은 쉬운 말에 그치고 만다.

그래서 이것을 조롱 삼아 확실이라는 뚜렷한 이름이 있었지만, 누구나 그를 부르는 이름은 아다다였다. 그리하여 이것이 자연히 이름으로 굳어져, 그 부모네까지도 그렇게 부르게 되었거니와, 그 자신조차도 "아다다!" 하고 부르면 마땅히 들을 이름인 듯이 대답을 했다.

"이년까타나 끝이 세누나! 시집엘 못 가갔음은 오늘은 어드메든가(어디든지) 나가서 뒈디고 말아라, 이년아! 이년아! 아, 이년아!"

어머니는 눈알을 가로세워 날카롭게도 흰자위만으로 흘기며 성큼 문턱을 넘어선다.

아다다는 어머니의 손길이 또 자기의 끌채(머리채)를 감아쥘 것을 연상하고 몸을 겨우 뒤채 비꼬아 일어서서 절룩절룩 굴뚝 모퉁이로 피해 가며 어쩔 줄을 모르고 일변 고개를 좌우로 둘러 살피며 아연하게도,

"아다 어 어마! 아다 어마 아다다다다……."
하고 부르짖는다. 다시는 일을 아니 저지르겠다는 듯이, 그리고 한 번만 용서를 하여 달라는 듯싶게.

그러나 사정 모르는 채 기어이 쫓아간 어머니는,

"이년! 어서 뒈데라. 뒈디기 싫건(싫거든) 시집으로 당장 가거라. 못 가간?"

그리고 주먹을 귀 뒤에 넌지시 얼메고 마주 선다. 순간, 주먹이 떨어지면? 하는, 두려운 생각에 오싹하고 끼치는 소름이, 튀해(새나 짐승의 털을 뽑기 위해 끓는 물에 잠깐 넣었다가 꺼내) 논 닭

같이 전신에 돋아나는 두드러기를 느끼는 찰나, '턱' 하고 마침내 떨어지는 주먹이 어느새 끌채를 감아쥐고 갈 지(之) 자로 흔들어 댄다.

"아다 어어 어마! 아 아고 어 어마!"

아다다는 떨며 빌며 손을 몬다. 그러나 소용이 없다. 한 번 손을 댄 어머니는 그저 죽어 싸다는 듯이 자꾸만 흔들어 댄다. 하니, 그렇지 않아도 가꾸지 못한 텁수룩한 머리는 물결처럼 흔들리며 구름같이 피어나선 얼크러진다.

그래도 아다다는 그저 빌 뿐이요, 조금도 반항하려고도 않는다. 이런 일은 거의 날마다 지나 보는 것이기 때문에 한대야, 그것은 도리어 매까지 사는 것이 됨을 아는 것이다. 집에 일이 아무리 밀려 돌아가더라도 나 모르는 체 손 싸매고 들어앉았으면 오히려 이런 봉변은 아니 당할 것이, 가만히 앉았지는 못했다.

선천적으로 타고난 천치에 가까운 그의 성격은 무엇엔지 힘에 맞히는 노력이 있어야 만족을 얻는 듯했다. 시키건, 안 시키건, 헐하나(힘들지 아니하나), 힘차나(힘드나), 가리는 법이 없이 하여야 될 일로 눈에 띄기만 하면 몸을 아끼는 일이 없이 하는 것이 그였다. 그래서 집안의 모든 고된 일은 실로 아다다가 혼자서 치워 놓게 된다.

그러나 어머니는 그것이 반갑지 않았다. 둔한 지혜로 마련(궁리나 계획) 없이 뼈가 부러지도록 몸을 돌보지 않고, 일종 모험에 가까운 짓을 하게 되므로, 그 반면에 따르는 실수가 되레 일을 저질러 놓게 되어, 그릇 같은 것을 깨쳐 먹는 일은 거의 날마다 있다 하여도 옳을 정도로 있었다.

그래도 아다다의 힘을 빌리지 않고는 집안일을 못 치겠다면 모르지만, 그는 참례(참여)를 하지 않아도 행랑에서 차근차근히 다 해 줄 일을 쓸데없이 가로 맡아선 일을 저질러 놓고 마는 데에 그 어머니는 속이 상했다.

본시 시집을 보내기 전에도 그 버릇은 지금이나 다름이 없어 벙어리인 데다 행동까지 그러하였으므로, 내용 아는 인근에서는 그를 얻어 가려는 사람이 없었다. 그리하여 열아홉 고개를 넘기도록 처문어 두고 속을 태우다 못해 깃부(지참금)로 논 한 섬지기를 처넣어 똥 치듯 치워 버렸던 것이, 그만 오 년이 멀다 다시 쫓겨 와, 시집에는 아예 갈 생각도 아니하고 하루 같은 심화(마음속에 울적하게 일어나는 화)를 올렸다. 그래서 어머니는 역겨운 마음에 아다다가 실수를 할 때마다 주릿대(모진 벌)를 내리고 참례를 말라건만 그는 참는다는 것이 그 당시뿐이요, 남이 일을 하는 것을 보면 속이 쏘는 듯이 슬그미(슬그머니) 나와서 곁을 슬슬 돌다가는 손을 대고 만다.

바로 사흘 전엔가도 무명 넘(옷감을 잿물에 담가다가 솥에 찐

것)을 낼 때 훌짝 달은 솥뚜껑을 마련 없이 맨손으로 열다가 뜨거움을 참지 못해 되는 대로 집어 엎는 바람에, 그만 자배기(둥글넓적하고 아가리가 넓게 벌어진 질그릇)를 깨치고 욕과 매를 한바탕 겪고 났었건만, 어제 저녁 행랑 색시더러 오늘은 묵은 된장을 옮겨 담아야 되겠다고 이르는 말을 어느 겨를에 들었던지, 아다다는 아침밥이 끝나자 어느새 나가서 혼자 된장을 퍼 나르다가 그만 또 실수를 한 것이었다.

"못 가간? 시집이! 못 가간? 이년! 못 가갔음 죽어라!"

움켜쥐었던 머리를 힘차게 획 두르며 밀치는 바람에 손에 감겼던 머리카락이 끊어지는지 빠지는지 무뚝 묻어나며 아다다는 비칠비칠 서너 걸음 물러난다.

순간 정신이 어찔해진 아다다는 넘어지지 않으려고 애써 버지럭거리며 삐치는 다리에 겨우 진정을 얻어 세우자,

"아다 어마! 아다 어마! 아다 아다!"

하고 다시 달려들 듯이 눈을 흘기고 섰는 어머니를 향하여 눈물 글썽한 눈을 끔벅 한 번 감아 보이고, 그리고 북쪽을 손가락질하여, 어머니의 말대로 시집으로 가든지 그렇지 않으면 죽어라도 버리겠다는 뜻으로 고개를 주억이며, 겁에 질려 어쩔 줄을 모르고 허청허청 대문 밖으로 몸을 이끌어 냈다.

나오기는 나왔으나 갈 곳이 없는 아다다는 마당귀를 돌아서선 발길을 더 내놓지 못하고 우뚝 섰다.

시집을 간다고는 하였으나, 아무리 생각해도 남편의 매는 어머니의 그것보다 무섭다. 그러면 다시 집으로 들어가나? 이번에는 외상 없는 매가 떨어질 것 같다. 어디로 가야 하나? 갈 곳 없는 갈 곳을 뒤 짜 보자니, 눈물이 주는 위로밖에 쓸데없는 오년 전 그 시집이 참을 수 없이 그립다.

치울세라(추울까), 더울세라, 힘이 들까, 고단할까, 알뜰살뜰히 어루만져 주던 시부모, 밤이면 품속에 꼭 껴안아 피로를 풀어 주던 남편, 아, 얼마나 시집에서는 자기를 위하여 정성을 다하던 것인가?

참으로, 아다다가 처음 시집을 가서의 오 년 동안은 온 집안의 사랑을 한 몸에 받아 왔던 것이 사실이다. 벙어리라는 조건이 귀에 들어맞는 것은 아니었으나, 돈으로 아내를 사지 아니하고는 얻어 볼 수 없는 처지에서, 스물여덟 살에 아직 장가를 못 들고 있는 신세로 목구멍조차 치기 어려운 형세이었으므로, 아내를 얻게 되기의 여유를 기다리기까지에는 너무도 막연한 앞날이었다. 벙어리나마 일생을 먹여 줄 것까지 가지고 온다는 데 귀가 번쩍 띄어 그 자리를 앗기울까(빼앗길까) 두렵게 혼사를 지었던 것이니, 그로 인해서 먹고살게 되는 시집에서는 아다다를 아니 위할 수가 없었던 것이다.

 그러한 가운데 또한 아다다는 못하는 일이 없이 일 잘하고, 고분고분 말 잘 듣고, 조금도 말썽을 부리는 일이 없었다. 그래서 생활고(생활의 어려움)가 주는 역경(불행한 환경)이 쓸데없이 서로 눈독(욕심 내어 눈여겨봄)을 짓게 하여, 불쾌한 말만으로 큰 소리가 끊일 새 없이 오고 가던 가족은, 일시에 봄비를 맞는 동산같이 화락한(화평하고 즐거운) 웃음의 꽃이 피었다.

 원래, 바른 사람이 못 되는 아다다에게는 실수가 없는 것이 아니었으나, 그로 인해서 밥을 먹게 되는 시집에서는 조금도 역겹게 안 여겼고, 되레 위로를 하고 허물을 감추기에 서로 힘을 썼다.

 여기에 아다다가 비로소 인생의 행복을 느끼며, 시집가기 전 지난날 어머니, 아버지가 쓸데없는 자식이라는 구실 밑에, 아니, 되레 가문을 더럽히는 앙화(殃禍, 재앙) 자식이라고 사람으로서의 푼수에도 넣어 주지 않고 박대하던 일을 생각하고는, 어머니, 아버지를 원망하는 나머지 명절 목시(대목 때)나 제향(제사) 때이면 시집에서는 그렇게도 가 보라는 친정이었건만, 이를 악물고 가지 않고 행복 속에 묻혀 살던 지나간 그날이 아니 그리울 수가 없었다.

 그러나 그날은 안타깝게도 다시 못 올 영원한 꿈속에 흘러가고 말았다. 해를 거듭하며 생활의 밑바닥에 깔아 놓았던 한 섬 지기라는 거름이 차츰 그들을 여유한 생활로 이끌어, 몇 백 원이란 돈이 눈앞에 굴게 되니 까닭 없이 남편 되는 사람은 벙어리로서의 아내가 미워졌다.

조그만 실수가 있어도 눈을 흘겼다. 그리고 매를 내렸다. 이 사실을 아는 아버지는 그것은 들어오는 복을 차 버리는 짓이라고 타이르나, 듣지 않았다.

그리하여 부자간에 충돌이 때때로 일어났다. 이럴 때마다 아버지에게는 감히 하고 싶은 행동을 못 하는 아들은 그 분을 아내에게로 돌려 풀기가 일쑤였다.

"이년 보기 싫다! 네 집으로 가거라."

그리고 다음에 따르는 것은 매였다. 그러나 아다다는 참아 가며 아내로서의, 그리고 며느리로서의 임무를 다했다. 이것이 시부모로 하여금 더욱 아다다를 귀엽게 만드는 것이어서, 아버지에게서는 움직일 수 없는 며느리인 것을 깨닫게 된 아들은, 가정적으로 불만을 느끼게 되어 한 해의 농사를 지은 추수를 온통 팔아 가지고 집을 떠나서, 마음의 위안을 찾아 돌다가 주색(술과 여자)에 돈을 다 탕진하고 동무들과 물거품같이 밀리어 안동현으로 건너갔다.

그리하여 이 투기적인(일의 성공과 실패가 불확실하고 모험적인) 도시에서 뒹굴며 노동의 힘으로 밑천을 얻어선 '양화(서양에서 들어온 물건)'와 '은떼루'에 투기하여 황금을 꿈꾸어 오던 것이 기적적으로 맞아 나기 시작하여, 이태(이 년) 만에는 이만 원에 가까운 돈을 손에 쥐게 되었다. 그리하여 언제나 불만이던 완전한 아내로서의 알뜰한 사랑에 주렸던 그는, 돈에 따르는 무수한 여자 가운데서 마음대로 흡족히 골라 가지고 집으로 돌아왔다.

그리고는 새로운 살림을 꿈꾸는 일변 새로이 가옥(집)을 건축함과 동시에 아다다를 학대함이 전에 비할 정도가 아니었다. 이에는, 그 아버지도 명민하고 (사리에 밝으며 민첩하고) 인자한 남부끄럽지 않은 뻐젓한 새 며느리에게 마음이 쏠리는 나머지, 이미 생활은 걱정이 없이 되었으니 아다다의 깃부로서가 아니라도 유족할(풍족할) 앞날을 돌아볼 때, 아들로서의 아다다에게 대하는 태도는 조금도 마음에 거슬리는 것이 없었다. 그리하여 시부모의 눈에서까지 벗어나게 된 아다다는 호소할 곳조차 없는 사정에, 눈감은 남편의 매를 견디다 못해 집으로 쫓겨 오게 되었던 것이니, 생각만 하여도 옛 매 자리가 아픈 그 시집은 죽으면 죽었지 다시는 찾아갈 생각이 없었던 것이다.

그래서 집에 있게 되니 그것보다는 좀 헐할망정, 어머니의 매도 결코 견디기에 족한 것이 아니다. 그리고 그것은 날마다 더

심해만 왔다. 오늘도 조금만 반항이 있었던들, 어김없이 매는 떨어지고 말았을 것이다.

그러니 어디로 가나? 아무리 생각을 해 보아야 그저 이 세상에서는 수롱이네 집밖에 또 찾아갈 곳은 없었다. 수롱은 부모 동생조차 없는 삼십이 넘은 총각으로, 누구보다도 자기를 사랑하여 준다고 믿는 단 한 사람이었다. 그리하여 쫓기어날 때마다 그를 찾아가선 마음의 위안을 얻어 오던 것이다. 아다다는 문득 발걸음을 떼어 아지랑이 얼른거리는 마을 끝 산턱 아래 떨어져 박힌 한 채의 오막살이를 향하여 마당귀를 꺾어 돌았다.

수롱은 벌써 일 년 전부터 아다다를 꾀어 왔다. 시집에서까지 쫓겨난 벙어리였으나, 김 초시의 딸이라, 스스로도 낮추 보여지는 자신으로서는 거연히 염(무엇을 하려는 생각)을 내지 못하고 뜻있는 마음을 건너 볼 길이 없어 속을 태워 가며 눈치만 보아 오던 것이, 눈치에서보다는 베풀어진 동정이 마침내, 아다다의 마음을 사게 된 것이었다.

아이들은 아다다를 보기만 하면 따라다니며 놀렸다. 아니, 어른들까지도 "아다다, 아다다." 하고 골을 올려서 분하나, 말을 못 하고 이상한 시늉을 하며 투덜거리는 것을 봄으로 좋아라고 손뼉을 치며 웃었다.

그래서 아다다는 사람을 싫어하였다. 집에 있으면 어머니의 욕과 매, 밖에 나오면 뭇 사람들의 놀림, 그러나 수롱이만은 자기를 사랑하는 것이었다. 아이들이 따라다닐 때에도 남 아니 말려 주는 것을 그는 말려 주고, 그리고, 매에 터질 듯한 심정을 풀어 주는 것이었다.

그리하여 아다다는 마음이 불편할 때마다 수롱을 생각해 오던 것이, 얼마 전부터는 찾아다니게까지 되어 동네의 눈치에도 이미 오른 지 오랬다.

그러나 아다다의 집에서도 그 아버지만이 지처(地處)를 가지기 위하여 깔맵게 아다다의 행동을 경계하는 듯하고, 그 어머니는 도리어 수롱이와 배가 맞아서 자기 눈앞에 보이지 아니하고 어디로든지 달아났으면 하는 눈치를 알게 된 수롱이는, 지금에 와서는 어느 정도까지 내어놓다시피 그를 사귀어 온다.

아다다는 제 집이나처럼 서슴지도 않고 달리어오자마자 수롱이네 집 문을 벌컥 열었다.

"아, 아다다!"

수롱은 의외에 벌떡 일어섰다.

"너 또 울었구나!"

울었다는 것이 창피하긴 하였으나, 숨길 차비가 아니다. 호소할 길 없는 가슴속에 꽉 찬 설움은 수롱이의 따뜻한 위무(위로

하고 어루만지어 달램)가 그렇게도 그리웠는지 모른다.

　방 안에 들어서기가 바쁘게 쫓기어 난 이유를 언제나같이 낱낱이 말했다.

　"그러기(그러니까) 이젠 아야, 다시는 집으로 가지 말구 나하구 둘이서 살아, 응?"

　그리고 수롱은 의미 있는 웃음을 벙긋벙긋 웃어 가며 아다다의 등을 척척 뚜드려 달랬다. 오늘은 어떻게 해서든지 자기의 것을 영원히 만들어 보고 싶은 욕망에 불탔던 것이다.

　그러나 아다다는,

　"아다 무 무서! 아바 무 무서! 아다 아다다다!"

하고 그렇게 한다면 큰일 난다는 듯이 눈을 둥그렇게 뜬다. 집에서 학대를 받고 있느니보다는 - 수롱의 사랑 밑에서 살았으면 오죽이나 행복되랴! 다시 집으로는 아니 들어가리라는 생각이 없었던 바도 아니었으나, 정작 이런 말을 듣고 보니, 무엇엔지 차마 허하지(허락하지) 못할 것이 있는 것 같고, 그렇지 않은지라 눈을 부릅뜨고 수롱이한테 다니지 말라는 아버지의 이르던 말이 연상될 때 어떻게도 그 말은 엄한 것이었다.

　"우리 둘이 달아났음 그만이디, 무섭긴 뭐이 무서워?"

　"……"

　아다다는 대답이 없다.

딴은 그렇기도 한 것이다. 당장 쫓기어 난 몸이 갈 곳이 어딘고? 다시 생각을 더듬어 볼 때 어머니의 매는 아버지의 그 눈총보다 몇 배나 더한 두려움으로 견딜 수 없이 아픈 것이다. 그러마고 대답을 못 하고 거역한 것이 금시 후회스러웠다.

"안 그래? 무서울 게 뭐야. 이젠 아야 집으루 가지 말구 나하구 있어, 응?"

"응, 아다 이 있어, 아다 아다."

하고 아다다는 다시 있자는 수롱이의 말이 나오기를 기다렸던 듯이, 그리고 살길은 이제 찾기었다는 듯이, 한숨과 같이 빙긋 웃으며 있겠다는 뜻을 명백히 보이기 위하여 고개를 주억이며 혓바닥을 손으로 툭툭 두드려 보인다.

"그렇지 그래, 정 있어야 돼. 응?"

"응, 이서 이서 아다 아다."

"정말이야?"

"으, 응, 저 정 아다 아다."

단단히 강문(다짐)을 받고 난 수롱이는 은근히 솟아나는 미소를 금할 길이 없었다.

벙어리인 아다다가 흡족할 이치는 없었지만, 돈으로 사지 아니하고는 아내라는 것을 얻어 볼 수 없는 처지였다. 그저 생기는 아내는 벙어리였어도 족했다. 그저 자기의 하는 일이나 도와 주고, 아들딸이나 낳아 주었으면 자기는 게서 더 바랄 것이 없었다. 아내를 얻으려고 십여 년 동안을 불피풍우(비바람을 무릅쓰고 일을 함) 품을 팔아 궤(물건을 넣도록 나무로 네모나게 만든 그릇) 속에 꽁꽁 묶어 둔 일백오십 원이란 돈이 지금에 와서는, 아내 하나를 얻기에 그리 부족할 것이 아니나, 장가를 들지 아니하고 아다다를 꾀어 온 이유도, 아다다를 꾀이므로 돈을 남겨서, 그 돈으로는 살림의 밑천을 만들어 가정의 마루를 얹자는 데서였던 것이다. 이제 그 계획이 은근히 성공에 가까워 옴에 자기도 남과 같이 가정을 이루어 보게 되누나 하니, 바라지도 못하였던 인생의 행복이 자기에게도 이제 찾아오는 것 같았다.

"우리 아다다."

수롱이는 아다다의 등에 손을 얹으며 빙그레 웃었다.

"아다 아다."

아다다도 만족한 듯이 히쭉 입이 벌어졌.

그날 밤을 수롱의 품 안에서 자고 난 아다다는 이미 수롱의 아내 되기에 수줍음조차도 잊었다. 아니, 집에서 자기를 받들어 들인다 하더라도 수롱을 떨어져서는 살 수 없으리 만큼 마음은 굳어졌다. 수롱이가 주는 사랑은 이 세상에서는 더 찾을 수 없는 행복이리라 느끼어졌던 것이다.

그러나 영원한 행복을 위하연 이 자리에 그대로 박혀서는 누릴 수 없을 것이 다음에 남은 근심이었다. 수롱이와 같이 살자면, 첫째 아버지가 허하지 않을 것이요, 동네 사람도 부끄럽지 않은 노릇이 아니다. 이것은 수롱이도 짐짓 근심이었다. 밤이 깊도록 의논을 하여 보았으나 동네를 피하여 낯 모르는 곳으로 감쪽같이 달아나는 수밖에는 다른 묘책(신묘한 꾀)이 없었다.

 예식 없는 가약(부부가 되자는 언약)을 그들은 서로 맹세하고, 그날 새벽으로 그 마을을 떠나, 신미도라는 섬으로 흘러가서, 그곳에 안주를 정하였다. 그러나 생소한 곳이므로, 직업을 찾을 길이 없었다. 고기를 잡아먹고 사는 섬이라, 뱃놀음을 하는 것이 제 길이었으나, 이것은 아다다가 한사코 말렸다.

 몇 해 전에 자기네 동네에서도 농토를 잃은 몇몇 사람이 이 섬으로 들어와 첫 배를 타다가 그만 풍랑에 몰살을 당하고 만 일이 있던 것을 잊지 못하는 때문이었다.

 그렇지 않은지라, 수롱이조차도 배에는 마음이 없었다. 섬으로 왔다고는 하지만 땅을 파서 먹는 것이 조마구(주먹) 뺄 때부터 길러 온 습관이요, 손 익은 일이었기 때문에 그저 그 노릇만이 그리웠다.

 그리하여 있던 돈으로 어떻게, 밭날갈이(며칠 동안 걸려서 갈 만큼 넓은 밭)나 사서 조 같은 것이나 심어 가지고 겨울의 시탄

(땔나무와 숯)과 양식을 대게 하고 짬짬이 조개나 굴, 낙지, 이런 것들을 캐서 그날그날을 살아갔으면 그것이 더할 수 없는 행복일 것만 같았다.

그렇지 않아도 삼십 반생에 자기의 소유라고는 손바닥만 한 것조차 없어, 어떻게든 몽매(잠은 자면서 꾸는 꿈)에 그리던 땅이었는지 모른다. 완전한 아내를 사지 아니하고 아다다를 꾀어 온 것도 이 소유욕에서였다. 아내가 얻어진 이제, 비록 많지는 않은 땅이나마 가져 보고 싶은 마음도 간절하였거니와, 또는 그만한 소유를 가지는 것이 자기에게 향한 아다다의 마음을 더욱 굳게 하는데도 보다 더한 수단일 것 같았기 때문이다.

그런 데다 본시 뱃놀음판인 섬인데, 작년에 놀굿이가 잘되었다 하여(벼 뿌리를 파먹는 '놀'이란 벌레가 너무 많아서) 금년에 와서 더욱 시세를 잃은 땅은 비록 때가 기경시(起耕時, 논밭을 가는 때)라 하더라도 용이히 살 수까지 있는 형편이었으므로, 그렇게 하리라 일단 마음을 정하니, 자기도 땅을 마침내 가져 보누나 하는 생각에 더할 수 없는 행복을 느끼며 아다다에게도 이 계획을 말하였다.

"우리 밭을 한 뙈기 사자, 그래두 농살 허야 사람 사는 것 같다. 내가 던답(논밭)을 살라구 묶어 둔 돈이 있거든."

하고 수롱이는 봐라는 듯이 실경(물건을 얹기 위해 두 개의 긴 나무를 건너질러 선반처럼 만든 것) 위에 얹힌 석유통 궤 속에서 지전(종이돈) 뭉치를 뒤져내더니, 손끝에다 침을 발라 가며 펄딱펄딱 뒤어 보인다.

그러나 그 돈을 본 아다다는 어쩐지 갑자기 화기(생기가 도는 기색)가 줄어든다.

수롱이는 그것이 이상했다. 돈을 보면 기꺼워할(기뻐할) 줄 알았던 아다다가 도리어 화기를 잃은 것이다. 돈이 있다니 많은 줄 알았다가 기대에 틀림으로써인가?

"이것 봐! 그랜 봐두, 이게 일천오백 냥이야. 지금 시세에 밭 이천 평은 한참 놀다가두 떡 먹두룩 살 건데."

그래도 아다다는 아무 대답이 없다. 무엇 때문엔지 수심의 빛까지 역연히 얼굴에 떠오른다.

"아니 밭이 이천 평이문 조를 심는다 하구, 잘만 가꿔 봐, 조가 열 섬에 조짚이 백여 목 날 터이야. 그래, 이걸 개지구 겨울 한동안이야 못 살아? 그렇거구 둘이 맞붙어 몇 해만 벌어 봐! 그적엔(그때엔) 논이 또 나오는 거야. 이건 괜히 생……."

아다다는 말없이 머리를 흔든다.

"아니, 내레 이게, 거즈뿌레기(거짓말)야? 아, 열 섬이 못 나?"

아다다는 그래도 머리를 흔든다.

"아니, 고롬(그럼) 밭은 싫단 말인가?"

"아다, 시 싫어."

그리고 힘없이 눈을 내리깐다.

아다다는 수룡이에게 돈이 있다 해도 실로 그렇게 많은 돈이 있는 줄은 몰랐다. 그래서 그 많은 돈으로 밭을 산다는 소리에, 지금까지 꿈꾸어 오던 모든 행복이 여지없이도 일시에 깨어지는 것만 같았던 것이다. 돈으로 인해서 그렇게 행복할 수 있던 자기의 신세는 남편(전남편)의 마음을 악하게 만듦으로, 그리고 시부모의 눈까지 가리는 것이 되어, 필야엔(나중엔) 쫓겨나지 아니치 못하게 되던 일을 생각하면, 돈 소리만 들어도 마음은 좋지 않던 것인데, 이제 한 푼 없는 알몸인 줄 알았던 수룡이에게도 그렇게 많은 돈이 있어 그것으로 밭을 산다고 기꺼워하는 것을 볼 때, 그 돈의 밑천은 장래 자기에게 행복을 가져다 주기보다는 몽둥이를 가져다 주는 데 지나지 못하는 것 같았고, 밭에다 조를 심는다는 것은 불행의 씨를 심는다는 것만 같았기 때문이다.

아다다는 그저 섬으로 왔거니 조개나 굴 같은 것을 캐어서 그날그날을 살아가야 할 것만이 수룡의 사랑을 받는 데 더할 수 없는 살림인 줄만 안다. 그래서 이러한 살림이 얼마나 즐거우랴! 혼잣속으로 축복을 하며 수룡을 위하여 일층 벌기에 힘을 써야 할 것을 생각해 오던 것이다.

"고롬 논을 사재나? 밭이 싫으문?"

수룡은 아다다의 의견이 알고 싶어 이렇게 또 물었다.

그러나 아다다는 그냥 힘없는 고개만 주억일 뿐이었다. 논을 산대도 그것은 꼭 같은 불행을 사는 데 있을 것이다. 돈이 있는 이상 어느 것이든지 간 사기는 반드시 사고야 말 남편의 심사이었음을 머리를 흔들어 댔자 소용이 없을 것이었다. 그리하여 그 근본 불행인 돈을 어찌할 수 없는 이상엔 잠시라도 남편의 마음을 거슬리므로 불쾌하게 할 필요는 없다고 아는 때문이었다.

"흥! 논이 도흔(좋은) 줄은 너두 아누나 그러나 가난한 놈에겐 밭이 논보다 나앗디 나아."

하고 수룡이는 기어이 밭을 사기로, 그 달음에(곧바로) 거간(흥정 붙이는 것을 업으로 하는 사람)을 내세웠다.

그날 밤.

아다다는 자리에 누웠으나 잠이 오지 않았다.

남편은 아무런 근심도 없는 듯이 세상모르고 씩씩 초저녁부터 자 내건만, 아다다는 그저 돈 생각을 하면 장차 닥쳐올 불길한 예감에 잠을 이룰 수가 없었다. 이불을 붙안고 밤새도록 쥐어틀며 아무리 생각을 해야 그 돈을 그대로 두고는 수룡의 사랑 밑에서 영원한 행복을 누릴 수 있으리라고는 믿기지 않았다.

짧은 봄밤은 어느덧 새어, 새벽을 알리는 닭의 울음소리가 사방에서 처량히 들려온다.

 밤이 벌써 새누나 하니, 아다다의 마음은 더욱 조급하게 탔다. 이 밤으로 그 돈에 대한 처리를 하지 못하는 한, 내일은 기어이 거간이 밭을 흥정하여 가지고 올 것이다. 그러면 그 밭에서 나는 곡식은 해마다 돈을 불켜(늘려) 줄 것이다. 그때면 남편은 늘어가는 돈에 따라 차차 눈은 어둡게 되어 점점 정은 멀어만 가게 될 것이다. 그다음에는? 그다음에는 더 생각하기조차 무서웠다.

 닭의 울음소리에 따라 날은 자꾸만 밝아 온다. 바라보니 어느덧 창은 희그스름하게 비친다. 아다다는 더 누워 있을 수가 없었다. 옆에 누운 남편을 지긋이 팔로 밀어 보았다. 그러나 움찍하지도 않는다. 그래도 못 믿기는 무엇이 있는 듯이 남편의 코에다 가까이 귀를 가져다 대고 숨소리를 엿들었다. 씨근씨근 아직도 잠은 분명히 깨지 않고 있다. 아다다는 슬그머니 이불 속을 새어 나왔다. 그리고 실경 위에 석유통을 휩쓸어 그 속에다 손을 넣었다. 그리하여 마침내 지전 뭉치를 더듬어서 손에 쥐고는 조심조심 발자국 소리를 죽여 가며 살그머니 문을 열고 부엌으로 내려갔다.

 그리고는 일찍이 아침을 지어 먹고 나무새기를 뽑으러 간다고 바구니를 끼고 바닷가로 나섰다. 아무도 보지 못하게 깊은 물속에다 그 돈을 던져 버리자는 것이다.

솟아오르는 아침 햇발을 받아 붉게 물들며 잔뜩 밀린 조수(아침에 밀려들었다가 나가는 바닷물)는 거품을 부걱부걱 토하며 바람결조차 철썩철썩 해안은 부딪친다.

아다다는 그 바구니를 내려놓고 허리춤 속에서 지전 뭉치를 쥐어 들었다. 그리고는 몇 겹이나 쌌는지 알 수 없는 헝겊 조각을 둘둘 풀었다. 헤집으니 일 원짜리, 오 원짜리, 십 원짜리 무수한 관 쓴 영감들이 나를 박대해서는 아니 된다는 듯이, 모두를 마주 바라본다. 그러나 아다다는 너 같은 것을 버리는 데는 아무런 미련도 없다는 듯이, 넘노는 물결 위에다 휙 내어 뿌렸다. 세찬 바닷바람에 차인 지전은 바람결 좇아 공중으로 올라가 팔랑팔랑 허공에서 재주를 넘어가며 산산이 헤어져, 멀리, 그리고 가깝게 하나씩 하나씩 물 위에 떨어져서는 넘노는 물결조차 잠겼다 떴다 솟구막질을 한다.

어서 물속으로 가라앉든디, 그렇지 않으면 흘러내려가든지 했으면 하고 아다다는 멀거니 서서 기다리나 너저분하게 물 위를 덮은 지전 조각들은 차마 주인의 품을 떠나기가 싫은 듯이 잠겨 버렸는가 하면, 다시 기웃거리며 솟아올라서는 물 위를 빙글빙글 돈다.

하더니 썰물이 잡히자부터 할 수 없는 듯이 슬금슬금 밑이 떨어져 흐르기 시작한다.

아다다는 상쾌하기 그지없었다. 밀려 내려가는 무수한 그 지전 조각들은, 자기의 온갖 불행을 모두 거두어 가지고 다시 돌아올 길이 없는 끝없는 한 바다로 내려갈 것을 생각할 때 아다다는 춤이라도 출 듯이 기꺼웠다.

그러나 그 돈이 완전히 눈앞에 보이지 않게 흘러 내려가기까지에는 아직도 몇 분 동안을 요하여야(있어야) 할 것인데, 뒤에서 허덕거리는 발자국 소리가 들리기에 돌아다보니 뜻밖에도 수롱이가 헐떡이며 달려오는 것이 아닌가.

"야! 야! 아다다야! 너 돈 돈 안 건새핸(가지고 갔냐)? 돈 돈 말이야, 돈……?"

청천의 벽력같은 소리였다.

아다다는 어쩔 줄을 모르고 남편이 이까지 이르기 전에 어서어서 물결은 휩쓸려 돈을 모두 거둬 가지고 흘러 버렸으면 하나, 물결은 안타깝게도 그닐그닐 한가히 돈을 이끌고 흐를 뿐, 아다다는 그 돈이 어서 자기의 눈앞에서 자취를 감추어 버리는 것을 보기 위하여 그닐거리고 있는 돈 위에 쏘아 박은 눈을 떼지 못하고 쩔쩔매는 사이, 마침내 달려오게 된 수롱이 눈에도 필경 그 돈은 띄고야 말았다.

뜻밖에도 바다 가운데 무수하게 지전 조각이 널려서 앞서거니, 뒤서거니, 둥둥 떠내려가는 것을 본 수롱이는 아다다에게 그 연유를 물을 필요도 없이 미친 듯이 옷을 훨훨 벗고 첨버덩 물 속으로 뛰어들었다.

그러나 헤엄을 칠 줄 모르는 수롱이는 돈이 엉키어 도는 한복판으로 들어갈 수가 없었다. 겨우 가슴패기까지 잠기는 깊이에서 더 들어가지 못하고 흘러 내려가는 돈더미를 안타깝게도 바라보며 허우적허우적 달려갔다. 차츰 물결은 휩쓸려 떠내려가는 속력이 빨라진다. 돈들은 수롱이더러 어디 달려와 보라는 듯이 획획 솟구막질을 하며 흐른다. 그러나 물결이 세어질수록 더욱 걸음발은 자유로 놀릴 수가 없게 된다. 더퍽더퍽 물과 싸움이나 하듯 엎어졌다가는 일어서고 일어섰다가는 다시 엎어지며 달려가나 따를 길이 없다. 그대로 덤비다가는 몸조차 물속으로 휩쓸려 들어갈 것 같아, 멀거니 서서 바라보니 벌써 지전 조각들은 가물가물하고 물거품인지 지전인지도 분간할 수 없으리 만큼 먼 거리에서 흐르고 있다. 그러나 그것도 한순간이었다. 눈앞에는 아무것도 보이는 것이 없다. 획 획 하고 밀려 내려가는 거품진 물결뿐이다.

수롱이는, 마지막으로 돈을 잃고 말았다고 아는 정도의 물결 위에 쏘아진 눈을 돌릴 길이 없이 정신 빠진 사람처럼 그냥그냥

바라보고 섰더니, 쏜살같이 언덕 켠으로 달려오자 아무런 말도 없이, 벌벌 떨고 섰는 아다다의 중동(중간 부분)을 사정없이 발길로 제겼다.

"흥앗!"

소리가 났다고 아는 순간, 철썩 하고 감탕(진흙)이 사방으로 튀자 보니, 벌써, 아다다는 해안의 감탕판에 등을 지고 쓰러져 있다.

"이 – 이 – 이……."

수룡이는, 무슨 말인지를 하려고는 하나, 너무도 기에 차서 말이 되지를 않는 듯 입만 너불거리다가 아다다가 움찍하는 것을 보더니, 아직도 살았느냐는 듯이 번개같이 쫓아 내려가 다시 한 번 발길로 제겼다.

"폭!"

하는 소리와 같이 아다다는 가꿉선(경사진) 언덕을 떨어져 덜덜덜 굴러서 물속으로 잠긴다.

한참 만에 보니 아다다는 복판도 한복판으로 밀려가서 솟구어 오르며 두 팔을 물 밖으로 허우적거린다. 그러나 그 깊은 파도 속을 어떻게 헤어나랴! 아다다는 그저 물 위를 둘레둘레 굴며 요동을 칠 뿐, 그러나 그것도 한순간이었다. 어느덧 그 자체는 물속에서 사라지고 만다.

주먹을 부르쥔 채 우상(나무, 돌, 쇠붙이, 흙 따위로 만든 형상)같이 서서, 굽실거리는 물결만 그저 뚫어져라 쏘아보고 섰는 수롱이는, 그 물속에 영원히 잠들려는 아다다를 못 잊어함인가? 그렇지 않으면 흘러 버린 그 돈이 차마 아까워서인가?

짝을 찾아 도는 갈매기 떼들은 눈물겨운 처참한 인생 비극이 여기에 일어난 줄도 모르고 '끼약끼약' 하며 흥겨운 춤에 훨훨 날아다닌 깃 치는 소리와 같이 해안의 풍경만 도웁고 있다.

낙동강

_조명희

 낙동강 칠백 리 길이길이 흐르는 물은 이곳에 이르러 곁가지 강물을 한 몸에 뭉쳐서 바다로 향하여 나간다. 강을 따라 바둑판 같은 들이 바다를 향하여 아득하게 열려 있고 그 넓은 들 품 안에는 무덤무덤의 마을이 여기저기 안겨 있다.

 이 강과 이 들과 저기에 사는 인간 – 강은 길이길이 흘렀으며, 인간도 길이길이 살아왔었다. 이 강과 이 인간, 지금 그는 서로 영원히 떨어지지 않으면 아니될 것인가?

 봄마다 봄마다

불어 내리는 낙동강 물
구포벌에 이르러
넘쳐 넘쳐흐르네 –
흐르네 – 에 – 헤 – 야

철렁철렁 넘친 물
들로 벌로 퍼지면
만 목숨 만만 목숨의
젖이 된다네
젖이 된다네 – 에 – 헤 – 야

이 벌이 열리고 –
이 강물이 흐를 제
그 시절부터
이 젖 먹고 자라 왔네
자라 왔네 – 에 – 헤 – 야

천년을 산, 만년을 산
낙동강! 낙동강!
하늘가에 간들

꿈에나 잊을쏘냐

잊힐쏘냐 - 아 - 하 - 야

어느 해 이른 봄에 이 땅을 하직하고 멀리 서북간도로 몰려가는 한 떼의 무리가 마지막 이 강을 건널 제, 그네들 틈에 같이 끼여 가는 한 청년이 있어 뱃전을 두드리며 구슬프게 이 노래를 불러서, 가뜩이나 슬퍼하는 이사꾼들로 하여금 눈물을 자아내게 하였다 한다.

과연, 그네는 뭇 강아지 떼같이 이 땅 어머니의 젖꼭지에 매달려 오래 오랫동안 살아왔다. 그러나 그 젖꼭지는 벌써 자기네 것이 아니기 시작한 지도 오래였다. 그러던 터에 엎친 데 덮친다고 난데없는 이리떼 같은 무리가 닥쳐와서 물어박지르며 빼앗아 먹게 되었다.

인제는 한 모금의 젖이라도 입으로 들어가기 어렵게 되었다. 하는 수 없이 이 땅에서 표박하여 나가게 되었다. 이렇게 된 것을 우리는 잠깐 생각하여 보자.

이네의 조상이 처음으로 이 강에 고기를 낚고, 이 벌에 곡식과 열매를 딸 때부터 세지도 못할 긴 세월을 오래오래 두고 그네는 참으로 자유로웠었다. 서로서로 노래 부르며, 서로서로 일하였을 것이다. 남쪽 벌도 자기네 것이요, 북쪽 벌도 자기네 것이었었다. 동쪽도 자기네 것이요, 서쪽도 자기네 것이었다.

그러나 역사는 한 바퀴 굴렀었다. 놀고먹는 계급이 생기고, 일하여 먹여 주는 계급이 생겼다. 다스리는 계급이 생기고, 다스려지는 계급이 생겼다. 그럼으로부터 임자 없던 벌판이 임자가 생기고 주림을 모르던 백성이 굶주려 가기 시작하였다. 하늘의 햇빛도 고운 줄을 몰라 가게 되고, 낙동강의 맑은 물도 맑은 줄을 몰라 가게 되었다. 천 년이다 오천 년이다 이 기나긴 세월을 불평의 평화 속에서 아무 소리 없이 내려왔었다. 그네는 이 불평을 불평으로 생각지 아니하게까지 되었다. 흐린 날씨를 참으로 맑은 날씨인 줄 알 듯이. 그러나 역사는 또 한 바퀴 구르려고 한다. 소낙비 앞잡이 바람이다. 깃발이 날리었다. 갑오 동학이다. 을미 운동이다. 그 뒤에 이 땅에는, 아니 이 반도에는 한 괴물이 배회한다. 마치 나래치고 다니는 독수리같이. 그 괴물은 곧 사회주의다. 그것이 지나치는 곳마다 기어가는 암나비 궁둥이에 수없는 알이 쏟아지는 셈으로 또한 알을 쏟아 놓고 간다. 청년 운동, 농민 운동, 형평 운동, 노동 운동, 여성 운동……. 오천 년을 두고 흘러가는 날씨가 인제는 먹장구름에 싸여 간다. 폭풍우가 반드시 오고야 만다. 그 비 뒤에는 어떠한 날씨가 올 것은 뻔히 알 노릇이다.

이른 겨울의 어두운 밤, 멀리 바다로 통한 낙동강 어귀에는 고기잡이 불이 근심스러이 졸고 있고, 강기슭에는 찬 물결의 울리는 소리가 높아질 때다. 방금 차에서 내린 일행은 배를 기다리느라고 강 언덕 위에 웅기중기 등불에 얼비쳐 모여 섰다. 그 가운데에는 청년 회원, 형평 사원, 여성 동맹원, 소작인 조합 사람, 사회 운동 단체 사람들이 대부분을 차지하였다. 동저고리 바람에 헌 모자 비스듬히 쓰고 보따리 든 촌사람, 검정 두루마기, 흰 두루마기, 구지레한 양복, 혹은 루바시카 입은 사람, 재킷 깃 위에 짧은 머리털이 다팔다팔하는 단발랑(斷髮娘), 혹은 그대로 틀어 얹은 신여성, 인력거 위에 앉은 병인, 그들은 ○○감옥의 미결수로 있다가 병이 위중한 까닭으로 보석 출옥하는 박성운이란 사람을 고대 차에서 받아서 인력거에 실어 가지고 마을로 들어가는 길이다.

"과연, 들리는 말과 같이 지독했구먼. 그같이 억대호 같던 사람이 저렇게 될 때야 여간 지독한 형벌을 하였겠니. 에라 이 몹쓸 놈들."

이 정거장에 마중을 나와서야 비로소 병인을 본 듯한 사람의 말이다.

"그래 가지고도 죽으면 병이 나서 죽었다 하겠지."

누가 받는 말이다.

"그러면 와 바로 병원을 갈 일이지, 곧장 이리 온단 말고?"

"내사 모른다. 병인 당자가 한사코 이리 온닥 하니……."

"이기 와 이리 배가 더디노?"

"아, 인자 저기 뱃머리 돌렸다. 곧 올락 한다."

한 사람이 저쪽 강기슭을 바라보며 지껄인다. 인력거 위의 병인을 쳐다보며,

"늬, 춥지 않나?"

"괜찮다. 내 안 춥다."

"아니, 늬 춥거든 외투 하나 더 주까?"

"언제. 아니다 괜찮다."

병인의 병든 목소리의 대답이다.

"보소, 배 좀 빨리 저어 오소."

강 저편에서 뱃머리를 인제 겨우 돌려서 저어 오는 뱃사공을 보고 소리를 친다.

"예-."

사이 뜨게 울려오는 소리다. 배를 저어 오다가 다시 멈추고 섰다.

"저 뭘 하고 있노?"

"각중에 담배를 피워 무는 모양이라꾸나. 에라, 이 문둥아."

여러 사람의 웃음은 와그르 쏟아졌다.

배는 왔다. 인력거 탄 사람이 먼저다.

"보소, 늬 인력거, 사람 탄 채 그대로 배에 오를 수 있는가?"

한 사람이 인력거꾼보고 묻는 말이다.

"어찌 그럴 수 있능기요."

"아니다, 내사 내리겠다."

병인은 인력거에서 내리며 부축되어 배에 올랐다. 일행이 오르자 배는 삐꺽삐꺽하는 노 젓는 소리와 수라수라하는 물 젓는 소리를 내며 저쪽 기슭을 바라보고 나아간다. 뱃전에 앉은 병인은 등불 빛에 보아도 얼굴이 참혹하게 야위었음을 알 수 있다.

"보소, 배 부리는 양반, 뱃소리나 한마디 하소, 예?"

"각중에 이 사람, 소리는 왜 하라꼬?"

옆에 앉은 친구의 말이다.

"내 듣고 싶다……. 내 살아서 마지막으로 이 강을 건너게 될는지도 모를 일이다……."

"에라, 이 백주 짬 없는 소리만 탕탕……."

"아니다, 내 참 듣고 싶다. 보소, 배 부리는 양반, 한마디 아니 하겠소?"

"언제, 내사 소리할 줄 아능기요."

"아, 누가 소리해 줄 사람이 없능가? ……아, 로사! 참 소리하소, 의……. 내가 지은 노래하소."

옆에 앉은 단발랑을 조른다.

"노래하라꼬?"

"응, 봄마다 봄마다 해라, 의."

"봄마다 봄마다
불어 내리는 낙동강 물
구포벌에 이르러
넘쳐 넘쳐흐르네 –
흐르네 – 에 – 헤 – 야
…………."

경상도의 독특한 지방색을 띤 민요(民謠) 닐리리 조에다가 약간 창가 조를 섞은 그 노래는 강개하고도 굳센 맛이 띠어 있다. 여성의 음색으로서는 핏기가 과하고 음률로서는 선(線)이 좀 굵다고 할 만한, 그러나 맑은 로사의 육성은 바람에 흔들리는 강물결의 소리를 누르고 밤하늘에 구슬프게 떠돌았다. 하늘의 별들도 무엇을 느낀 듯이 눈을 끔벅끔벅하는 것 같았다. 지금 이 배에 오른 사람들이 서북간도 이사꾼들은 비록 아니었지마는 새삼스러이 가슴이 울리지 아니할 수 없었다.

그 노래 제3절을 마칠 때에 박성운은 몹시 히스테리컬하여진 모양으로 핏대를 올려 가지고 합창을 한다.

　천년을 산 만년을 산
　낙동강! 낙동강!
　하늘가에 간들
　꿈에나 잊을쏘냐
　잊힐쏘냐 - 아 - 하 - 야

　노래는 끝났다. 성운은 거진 미친 사람 모양으로 날뛰며, 바른팔 소매를 걷어 들고 강물에다 잠그며, 팔에 물을 적셔 보기도 하며, 손으로 물을 만지기도 하고 끼얹어 보기도 한다. 옆 사람이 보기에 딱하던지,
　"이 사람, 큰일났구먼. 이 병인이 지금 이 모양에, 팔을 찬물에다 정구고 하니, 어쩌잔 말고."
　"내사 이래 죽어도 좋다. 늬 너무 걱정 마라."
　"늬 미쳤구나……. 백죄……."
　그럴수록에 병인은 더 날뛰면서 옆에 앉은 여자에게 고개를 돌려,
　"로사! 늬 팔 걷어라. 내 팔하고 같이 이 물에 정궈 보자, 의."
　여자의 손을 잡아다가 잡은 채 그대로 물에다 잠그며 물을 저

어 본다.

"내가 해외에 가서 다섯 해 동안을 떠돌아다니는 동안에도, 강이라는 것이 생각날 때마다 낙동강을 잊어 본 적은 없었다……. 낙동강이 생각날 때마다, 내가 이 낙동강의 어부의 손자요, 농부의 아들임을 잊어 본 적도 없었다……. 따라서 조선이란 것도."

두 사람의 손이 힘없이 그대로 뱃전 너머 물 위에 축 처져 있을 뿐이다.

그는 다시 눈앞의 수면을 바라다보며 혼자말로,

"그 언제인가 가을에 내가 송화강(松花江)을 건널 적에, 이 낙동강을 생각하고 울은 적도 있었다……. 좋은 마음으로 나간 사람 같고 보면, 비록 만 리 밖을 나가 산다 하더라도 그같이 상심이 될 리 없으련마는……."

이 말이 떨어지자, 좌중은 호흡조차 은근히 끊어지는 듯이 정숙하였다.

로사는 들었던 고개가 아래로 떨어지며 저편의 손이 얼굴로 올라갔다.

성운의 눈에서도 한 방울의 굵은 눈물이 뚝 떨어졌다.

한동안 물소리만 높았다.

로사는 뱃전에 늘어져 있던 바른손으로 사나이의 언 손을 꼭

잡아당기며,

"인제 그만둡시다, 의."

이 말끝 악센트의 감칠맛이란 것은 경상도 여자의 쓰는 말 가운데에도 가장 귀염성이 드는 말투였다. 그는 그의 손에 묻은 물을 손수건으로 씻어 주며 걷었던 소매를 내려 준다.

배는 저쪽 언덕에 가 닿았다. 일행은 배에서 내리자, 먼저 병인을 인력거 위에다 싣고는 건넛마을을 향하여 어둠을 뚫고 움직여 나갔다.

그의 말과 같이, 박성운은 과연 낙동강 어부의 손자요, 농부의 아들이었다. 그의 할아버지는 고기잡이로 일생을 보내었었고, 그의 아버지는 농사꾼으로 일생을 보내었었다. 자기네 무식이 한이 되어 그 아들이나 발전을 시켜 볼 양으로 그리하였던지, 남 하는 시세에 쫓아 그대로 해 보느라고 그리하였던지, 남의 논밭을 빌려 농사를 지어 구차한 살림을 해 나가면서도, 어쨌든 그 아들을 가르쳐 놓았다. 서당으로, 보통학교로, 도립 간이 농업 학교로…….

그가 농업 학교를 마치고 나서, 군청 농업 조수로도 한두 해를 있었다. 그럴 때에 자기 집에서는 자기 아들이 무슨 큰 벼슬이나 한 것같이 여기며, 만나는 사람마다 자기 아들 자랑하기가 일이었었다. 그리할 것 같으면 동네 사람들은 또한 못내 부러워하며, 자기네 아들들도 하루바삐 어서 가르쳐 내놓을 마음을 먹게 된다.

그러다가 마침 독립운동이 폭발하였다. 그는 단연히 결심하고 다니던 것을 헌신짝같이 집어던지고는, 독립운동에 참가하였다. 일 마당에 나서고 보니 그는 열렬한 투사였다. 그때쯤은 누구나 예사이지마는 그도 또한 일 년 반 동안이나 철창생활을 하게 되었었다.

그것을 치르고 집이라고 나와 보니 그동안에 자기 모친은 돌아가고, 늙은 아버지는 집도 없게 되어 자기 딸(성운의 자씨)에게 가서 얹혀 있게 되었다. 마침 그해에도 이곳에서 살 수가 없게 되어 서북간도로 떠나가는 이사꾼이 부쩍 늘 판이다. 그들의 부자도 그 이사꾼들 틈에 끼여 멀리 고향을 등지고 떠나가게 되었다. (아까 부르던 그 낙동강 노래란 것도 그때 성운이 지어서 읊던 것이었다.)

서간도로 가 보니, 거기도 또한 편안히 살 수가 없는 곳이었다. 그 나라의 관헌의 압박, 횡포는 여간이 아니었다. 그들 부자도 남과 한가지로 이리저리 떠돌았다. 떠돌다가 그야말로 이역 타향에서 늙은 아버지조차 영원히 잃어버리게 되었었다.

그 뒤에 그는 남북만주, 노령, 북경, 상해 등지에 돌아다니며,

시종이 일관하게 독립운동에 노력하였었다. 그러는 동안에 다섯 해의 세월은 갔다. 모든 운동이 다 침체하고 쇠퇴하여 갈 판이다. 그는 다시 발길을 돌려 고국으로 향하게 되었다. 그가 조선으로 들어올 무렵에, 그의 사상상에는 큰 전환이 생기었다. 그것은 다른 것이 아니라 이때껏 열렬하던 민족주의자가 변하여 사회주의자로 되었다는 말이다.

그가 갓 서울로 와서, 일을 하여 보려 하였으나, 그도 뜻과 같지 못하였다. 그것은 이 땅에 있는 사회 운동 단체란 것이 일에는 힘을 아니 쓰고, 아무 주의 주장에 틀림도 없이, 공연히 파벌을 만들어 가지고 동지끼리 다투기만 일삼는 판이다. 그는 자기와 뜻이 같은 사람끼리 얼리어 양방의 타협 운동도 일으켰으나 아무 효과도 없었고, 여론을 일으켜 보기도 하였으나, 파쟁에 눈이 뻘건 사람들의 귀에는 그도 크게 울리지 못하였다. 그는 분연히 떨치고 일어서며,

"이 파벌이란 시기가 오면 자연히 파멸될 때가 있으리라."
고 예언같이 말을 하여 던지고서는, 자기 출생지인 경상도로 와서 남조선 일대를 망라하여 사회 운동 단체를 만들어서 정당한 운동에만 힘을 쓰게 되었다.

그리고 자기는 자기 고향인 낙동강 하류 연안 지방의 한 부분

을 떼어 맡아서 일을 보게 되었다.

그리고 그는 이 땅의 사정을 보아,

"대중 속으로!"

하고 부르짖었다.

그가 처음으로, 자기 살던 옛 마을을 찾아와 볼 때에 그의 심사는 서글프기 가이없었다. 다섯 해 전 떠날 때에는 백여 호 대촌이던 마을이 그동안에 인가가 엄청나게 줄었다. 그 대신에 예전에는 보지도 못하던 크나큰 함석지붕집이 쓰러져 가는 초가집들을 멸시하여 위압하는 듯이 둥두렷이 가로 길게 놓여 있다. 그것은 묻지 않아도 동척 창고임을 알 수 있다. 예전에 중농이던 사람은 소농으로 떨어지고, 소농이던 사람은 소작농으로 떨어지고, 예전에 소작농이던 많은 사람은 거의 다 풍비박산하여 나가게 되고 어렸을 때부터 정들었던 동무들도 하나도 볼 수 없었다.

그들은 모두 도회로, 서북간도로, 일본으로, 산지사방 흩어져 갔었다. 대대로 살아오던 자기네 집터에는 옛날의 흔적이라고는 주춧돌 하나 볼 수 없었고(그 터는 지금 창고 앞마당이 되었으므로) 다만 그 시절에 사립문 앞에 있던 해묵은 느티나무(槐木)만이 지금도 그저 그 넓은 마당 터에 홀로 우뚝 서 있을 뿐이다. 그는 쫓아가서, 어린아이 모양으로 그 나무 밑동을 껴안고 맴을 돌아보았다 뺨을 대어 보았다 하며 좋아서 또는 슬퍼서 어찌할 줄을 몰랐다. 그는 나무를 안은 채 눈을 감았다. 지나간 날의 생각이 실마리같이 풀려 나간다. 어렸을 때에 지금 하듯이 껴안고 맴돌기, 여름철에 꼭대기까지 기어 올라가 매미 잡다가 대머리 벗겨진 할아버지에게 꾸지람당하던 일, 마을의 젊은이들이 그네를 매고 놀 때엔 자기도 그네를 뛰겠다고 성화 받치던 일, 앞집에 살던 순이란 계집아이와 같이 나무 그늘 밑에서 소꿉질하고 놀 제 자기는 신랑이 되고 순이는 새악시 되어 시집가고 장가가는 흉내를 내던 일, 그러다가 과연 소년 때에 이르러 그 순이란 새악시와 서로 사모하게 되던 일, 그 뒤에 또 그 순이가 팔려서 평양인가 서울로 가게 될 제, 어둔 밤, 남모르게 이 나무 뒤에 숨어서 서로 붙들고 울던 일, 이 모든 일이 다 생각에서 떠돌아 지나가자 그는 흐르륵 느껴지는 숨을 길게 한 번 내쉬고는 눈을 딱 떴다.

"내가 이까짓 것을 지금 다 생각할 때가 아니다……. 에잇…… 쨰……."

하고 혼자 중얼거리고는 이때껏 하던 생각을 떨어 없애려는 듯이 획 발길을 돌려 걸어 나갔다. 그는 원래 정(情)의 사람이었다. 그러나 그는 근래에 그 감정을 의지로 누르려는 노력이 많은 터이다.

'혁명가는 생무쇠쪽과 같은 시퍼런 의지의 마음씨를 가져야 한다!'

이것이 그의 생활의 지표이다. 그러나 그의 감정은 가끔 의지의 굴레를 벗어나서 날뛸 때가 많았다.

그는 먼저 일할 프로그램을 세웠다. 선전, 조직, 투쟁, 이 세 가지로.

그리하여 그는 먼저 농촌 야학을 설치하여 가지고 농민 교양에 힘을 썼었다. 그네와 감정을 같이할 양으로 벗어 붙이고 들이덤비어 그네들 틈에 끼여 생일도 하고, 농사 일터나, 사랑구석에 모인 좌석에서나, 야학 시간에서나, 기회가 있는 대로 교화에 전력을 썼었다.

그다음에는 소작 조합을 만들어 가지고 지주, 더구나 대지주인 동척의 횡포와 착취에 대하여 대항 운동을 일으켰었다.

첫해 소작 쟁의에는 다소간 희생자도 내었지마는 성공이다. 그다음 해에는 아주 실패다. 소작 조합도 해산 명령을 받았다. 노동 야학도 금지다. 동척과 관영의 횡포, 압박, 이루 말할 수가 없었다. 아무리 인정이 있으나, 아무리 참을성이 있으나, 이 땅에서는 어찌할 수가 없었다.

모든 것이 침체되고 말 뿐이었다. 그리하여 작년 가을에 그의 친구 하나는 분연히 떨치고 일어서며,

"내 구마 밖으로 갈란다. 여기에서 무슨 일을 할 수 있는가? 하자면 테러지. 테러밖에는 더 없다."

"아니다, 그래도 여기 있어야 한다. 우리가 우리 계급의 일을 하기 위하여는 중국에 가서 해도 좋고 인도에 가서 해도 좋고 세계의 어느 나라에 가서 해도 마찬가지다. 하지마는 우리 경우에는 여기 있어 일하는 편이 가장 편리하다. 그리고 우리는 죽어도 이 땅 사람들과 같이 죽어야 할 책임감과 애착을 가지고 있다."

이 같은 권유도 하였으나, 필경에 그는 그의 가장 신뢰하던 동무 하나를 떠나보내게 되고 만 일도 있었다.

졸고 있는 이 땅, 아니 움츠러들고 있는 이 땅, 그는 피 칠할 일이 생기고 말았다. 그것은 다른 것이 아니다. 이 마을 앞 낙동강 기슭에 여러 만 평 되는 갈밭이 하나 있었다. 이 갈밭이란 것도 낙동강이 흐르고 이 마을이 생긴 뒤로부터, 그 갈을 베어 자리를 치고 그 갈을 털어 삿갓을 만들고, 그 갈을 팔아 옷을 구하고, 밥을 구하였었다.

기러기 떴다 낙동강 위에
가을바람 부누나 갈꽃이 나부낀다.

이 노래도 지금은 부를 경황이 없게 되었다. 그 갈밭은 벌써 남의 물건이 되고 말았다. 그것은 이 촌민의 무지로 말미암아, 십 년 전에 국유지로 편입이 되었다가 일본 사람 가등이란 자에게 국유미간지 철일이라는 명의로 넘어가고 말았다. 이 가을부터는 갈도 벨 수가 없었다. 도 당국에 몇 번이나 사정을 하였으나, 아무 효과가 없었다.

촌민끼리 손가락을 끊어 맹세를 써서 혈서 동맹까지 조직하여서 항거하려 하였다. 필경에는 모두가 다 실패뿐이다. 자기네 목숨이나 다름없이 알던 촌민들은 분김에 눈이 뒤집혀 가지고 덮어놓고 갈을 베어 제쳤다. 저편의 수직군하고 시비가 생겼다. 사람까지 상하였다. 그 끝에 성운이 선동자라는 혐의로 붙들려 가서 가뜩이나 검찰 당국에서 미워하던 끝에 지독한 고문을 당하고 나서 검사국으로 넘어가 두어 달 동안이나 있다가 병이 급하게 되어 나온 터이다.

그런데 여기에 한 에피소드가 있다. 그것은 이해 여름 어느 장날이다. 장거리에서 형평 사원들과 장꾼 ― 그중에도 장거리 사람들과 큰 싸움이 일어났다. 싸움 시초는 장거리 사람 하나가 이곳 형평사 지부 앞을 지나면서 모욕하는 말을 한 까닭으로 피차에 말이 오락가락하다가 싸움이 되고 또 떼 싸움이 되어서, 난폭한 장거리 사람들이 몽둥이를 들고 형평 사원 촌락을 습격

한다는 급보를 듣고, 성운이가 앞장을 서서, 청년 회원, 소작인 조합원 심지어 여성 동맹원까지 총출동을 하여 가지고 형평 사원 편을 응원하러 달려갔었다. 싸움이 진정된 후,

"늬도 이놈들, 새 백정이로구나."

하는 저편 사람들의 조소와 만 매를 무릅쓰고도 그는,

"백정이나 우리나 다 같은 사람이다……. 다만 직업의 구별만 있을 따름이다……. 무릇 무슨 직업이든지, 직업이 다르다고 사람의 귀천이 있는 것은 결코 아니다. 그것은 옛날 봉건 시대 사람들의 하는 말이다……. 더구나 우리 무산 계급은 형평 사원과 같이 손을 맞붙잡고 일을 하여 나가지 않으면 아니 된다……. 그러므로 형평 사원을 우리 무산 계급은 한 형제요 동무로 알고 나아가야 한다……."

하고 여러 사람 앞에서 열렬히 부르짖은 일이 있었다.

이 뒤에, 이곳 여성 동맹원에는 동맹원 하나가 더 늘었다. 그것이 곧 형평 사원의 딸인 로사다. 로사가 동맹원이 된 뒤에는 자연히 성운과도 상종이 잦아졌다. 그럴수록에 두 사람의 사이는 점점 가까워지며 필경에는 남다른 정이 가슴속에 깊이 들어배게까지 되었었다.

로사의 부모는 형평 사원으로서, 그도 또한 성운의 부모와 마찬가지로 딸일망정 발전을 시켜 볼 양으로 그리하였던지 서울

을 보내어 여자 고등 보통 학교를 졸업시키고 사범과까지 마친 뒤에 여훈도가 되어 멀리 함경도 땅에 있는 보통 학교에 가서 있다가 하기 방학에 고향에 왔던 터이다. 그의 부모는 그 딸이 판임관이라는 벼슬을 한 것이 천지 개벽 후에 처음 당하는 영광으로 알았었다. 그리하여 그는,

"내 딸이 판임관 벼슬을 하였는데, 나도 이 노릇을 더 할 수 있는가?"

하고는, 하여 오던 수육업이라는 직업도 그만두고, 인제 그 딸이 가 있는 곳으로 살러 가서 새 양반 노릇을 좀 하여 볼 뱃심이었다.

이번에 딸이 집에 온 뒤에도 서로 의논하고 작정하여 놓은 노릇이다. 그러나 천만뜻밖에 그 몹쓸 큰 싸움이 난 뒤부터 그 딸이 무슨 여자 청년회 동맹이니 하는 데 푸떡푸떡 드나들며, 주의자니 무엇이니 하는 사나이 틈바구니에 가서 끼여 놀고 하더니, 그만 가 있던 곳도 아니 가겠다, 다니던 벼슬도 내어놓겠다 하고 야단이다. 그리하여 이네의 집안에는 제일 큰 걱정거리가 생으로 하나 생기었다. 달래다, 구슬리다, 별별 소리로 다 타일러야 그 딸이 좀처럼 듣지를 않는다.

필경에는 큰소리까지 나가게 되었다.

"이년의 가시네야! 늬 백정 놈의 딸로 벼슬까지 했으면 무던

하지, 그보다 무엇이 더 나은 것이 있더노?"

하고 그의 아버지가 야단을 칠 때에,

"아배는 몇 백 년이나 몇 천 년이나 조상 때부터 그 몹쓸 놈들에게 온갖 학대를 다 받아 왔으며, 그래도 그 몹쓸 놈들의 썩어 자빠진 생각을 그저 그대로 가지고 있구먼. 내사 그까짓 더러운 벼슬이고 무엇이고 다 싫소구마……. 인자 참사람 노릇을 좀 할란다."

하고 딸이 대거리를 할 것 같으면,

"아따 그년의 가시내, 건방지게……. 늬 뭐라 캤노? 뭐라 캐?"

그의 어머니는 옆에서 남편의 말을 거드느라고,

"야, 늬 생각해 보아라. 우리가 그 노릇을 해 가며 늬 공부시키느라꼬 얼마나 애를 먹었노. 늬 부모를 생각기로 그럴 수가 있는가? ……자식이라꼬 딸자식 형제에서 늬만 공부를 시킨 것도 다 늬 덕을 보자꼬 한 노릇이 아니냐?"

"그러면 어매아배는 날 사람 노릇 시킬라꼬 공부시킨 것이 아니라, 돼지 키워서 이(利) 보드끼 날 무슨 덕 볼라꼬 키워 논 물건으로 알았는게요?"

"늬 다 그 무슨 쏘리고? 내사 한마디 몬 알아듣겠다……. 아나, 늬 와 이라노? 와?"

"구마, 내 듣기 싫소……. 내 맘대로 할라요."

할 때에, 그 아버지는 화가 버럭 나서,

"에라 이…… 늬 이년의 가시내, 내 눈앞에 뵈지 마라. 내사 딱 보기 싫다구마."

하고는 벌떡 일어나 나가 버린다.

이리하고 난 뒤에 로사는 그 자리에 푹 엎으러져서 흑흑 느껴 가며 울기도 하였다.

그것은 그 부친에게 야단을 만나고 나서 분한 생각을 참지 못하여 그러는 것만도 아니었다. 그의 부모가 아무리 무지해서 그렇게 굴지마는, 그 무지함이 밉다가도 도리어 불쌍한 생각이 난 까닭이었다.

이러할 때도, 로사는 으레같이 성운에게로 달려가서 하소연한다.

그럴 것 같으면 성운은,

"당신은 최하층에서 터져 나오는 폭발탄 같아야 합니다. 가정에 대하여, 사회에 대하여, 같은 여성에 대하여, 남성에게 대하여, 모든 것에 대하여 반항하여야 합니다."

하고 격려하는 말도 하여 준다. 그럴 것 같으면 로사는 그만 감격에 떠는 듯이 성운의 무릎 위에 쓰러져 얼굴을 파묻고 운다.

그러면 성운은 또,

"당신은 또 당신 자신에 대하여서도 반항하여야 되오. 당신의 그 눈물 – 약한 것을 일부러 자랑하는 여성들의 그 흔한 눈물도 걷어 치워야 되오……. 우리는 다 같이 굳센 사람이 되어야 합니다."

이같이 로사는 사랑의 힘, 사상의 힘으로 급격히 변화하여 가는 사람이 되었다. 그의 본 성명도 로사가 아니었다.

어느 때 우연히 로사 룩셈부르크의 이야기가 나올 때에 성운이가 웃는 말로,

"당신 성도 로가고 하니, 아주 로사라고 지읍시다, 의."

그리고

"참말 로사가 되시오."

하고 난 뒤에, 농이 참 된다고, 성명을 아주 로사로 고쳐 버린 일이 있었다.

병든 성운을 둘러싼 일행이 낙동강을 건너 어둠을 뚫고 건넛마을로 향하여 가던 며칠 뒤 낮결이었다. 갈 때보다도 더 몇 배 긴긴 행렬이 마을 어귀에서부터 강 언덕을 향하고 뻗쳐 나온다. 수많은 깃발이 날린다.

양렬로 늘어선 사람의 손에는 긴 외올 베 자락이 잡혀 있다. 맨 앞에 선 검정 테 두른 기폭에는 '고 박성운 동무의 영구'라고 써 있다.

그다음에는 가지각색의 기다. 무슨 '동맹', 무슨 '회', 무슨 '조합', 무슨 '사', 각 단체 연합장임을 알 수 있다. 또 그다음에는 수많은 만장이다.

'용사는 갔다. 그러나 그의 더운 피는 우리의 가슴에서 뛴다.'

'갔구나, 너는! 날 밝기 전에 너는 갔구나! 밝는 날 해맞이 춤에는 네 손목을 잡아 볼 수 없구나.'

'......'

'......'

이루 다 셀 수가 없다. 그 가운데에는 긴 시구같이 이렇게 벌여서 쓴 것도 있었다.

'그대는 평시에 날더러, 너는 최하층에서 터져 나오는 폭발탄이 되라, 하였나이다. 옳소이다. 나는 폭발탄이 되겠나이다. 그대는 죽을 때에도 날더러, 너는 참으로 폭발탄이 되라, 하였나이다. 옳소이다. 나는 폭발탄이 되겠나이다.'

이것은 묻지 않아도 로사의 만장임을 알 수 있었다.

이해의 첫눈이 푸뜩푸뜩 날리는 어느 날 늦은 아침, 구포역(龜浦驛)에서 차가 떠나서 북으로 움직여 나갈 때이다. 기차가 들녘을 다 지나갈 때까지, 객차 안 들창으로 하염없이 바깥을 내다보고 앉은 여성이 하나 있었다.

그는 로사이다. 아마 그는 돌아간 애인의 밟던 길을 자기도 한 번 밟아 보려는 뜻인가 보다.

그러나 필경에는 그도 멀지 않아서 다시 잊지 못할 이 땅으로 돌아올 날이 있겠지.

탈출기

_최서해

1

 김 군! 수삼차 편지는 반갑게 받았다. 그러나 한 번도 회답치 못하였다. 물론 군의 충정에는 나도 감사를 드리지만 그 충정을 나는 받을 수 없다.
 박 군! 나는 군의 탈가(脫家)를 찬성할 수 없다. 음험한 이역에 늙은 어머니와 어린 처자를 버리고 나선 군의 행동을 나는 찬성할 수 없다. 박 군! 돌아가라. 어서 집으로 돌아가라. 군의 보모와 처자가 이역 노두에서 방황하는 것을 나는 눈앞에 보는 듯싶다. 그네들의 의지할 곳은 오직 군의 품밖에 없다. 군은 그네들을 구하여야 할 것이다.

군은 군의 가정에서 동량(棟梁)이다. 동량이 없는 집이 어디 있으랴?

조그마한 고통으로 집을 버리고 나선다는 것이 의지가 굳다는 박 군으로서는 너무도 박약한 소위이다. 군은 ○○단에 몸을 던져 ○선에 섰다는 말을 일전 황 군에게서 듣기는 하였으나 그렇다 하여도 나는 그것을 시인할 수 없다. 가족을 못 살리는 힘으로 어찌 사회를 건지랴.

박 군! 나는 군이 돌아가기를 충정으로 바란다. 군의 가족이 사람들 발아래서 짓밟히는 것을 생각할 때! 군의 가슴인들 어찌 편하랴-.

김 군! 군은 이러한 말을 편지마다 썼지? 나는 군의 뜻을 잘 알았다. 사랑하는 나의 가족을 위하여 동정하여 주는 군에게 어찌 감사치 않으랴? 정다운 벗의 충고에 나는 늘 울었다. 그러나 그 충고를 들을 수 없다. 듣지 않는 것이 군에게는 고통이 되는지? 분노가 되는지? 나에게 있어서는 행복일는지도 알 수 없는 까닭이다.

김 군! 나도 사람이다. 정애(情愛)가 있는 사람이다. 나의 목숨 같은 내 가족이 유린받는 것을 내 어찌 생각지 않으랴? 나의 고통을 제삼자로서는 만분의 일이라도 느낄 수 없는 것이다.

나는 이제 나의 탈가한 이유를 군에게 말하고자 한다.

여기에 대하여 동정과 비난은 군의 자유이다. 아는 다만 이러하다는 것을 군에게 알릴 뿐이다. 나는 이것을 군이 아니면 다른 사람에게라도 알리지 않고는 견딜 수 없는 충동을 받는 까닭이다.

그러나 나는 단언한다. 군도 사람이어니 나의 말하는 것을 부인치는 못하리라.

2

김 군! 내가 고향을 떠난 것은 오 년 전이다. 이것은 군도 아는 사실이다.

나는 그때에 어머니와 아내를 데리고 떠났다. 내가 고향을 떠나 간도로 간 것은 너무도 절박한 생활에 시들은 몸에 새 힘을 얻을까 하여 새 희망을 품고 새 세계를 동경하여 떠난 것도 군이 아는 사실이다.

'간도는 천부금탕이다. 기름진 땅이 흔하여 어디를 가든지 농사를 지을 수 있고 농사를 지으면 쌀도 흔할 것이다. 삼림이 많으니 나무 걱정도 될 것이 없다. 농사를 지어서 배불리 먹고 뜨뜻이 지내자. 그리고 깨끗한 초가나 지어 놓고 글도 읽고 무지

한 농민들을 가르쳐서 이상촌(理想村)을 건설하리라. 이렇게 하면, 간도의 황무지를 개척할 수 있다'.

이것이 간도 갈 때의 내 머릿속에 그리었던 이상이었다. 이때에 나는 얼마나 기뻤으랴! 두만강을 건너고 오랑캐령을 넘어서 망망한 평야와 산천을 바라볼 때 – 청춘의 내 가슴은 이상의 불길에 탔다. 구수한 내 소리와 헌헌한 내 행동에 어머니와 아내도 기뻐하였다. 오랑캐령을 올라서니 서북으로 쏠려오는 봄 세찬 바람이 어떻게 뺨을 갈기는지,

"에그 춥구나! 여기는 아직도 겨울이구나."
하고 어머니는 수레 위에서 이불을 뒤집어썼다.
"무얼요, 이 바람을 많이 마셔야 성공이 올 것입니다."
나는 가장 씩씩하게 말하였다.
이처럼 나는 기쁘고 활기로왔다.

3

김 군! 그러나 나의 이상은 물거품으로 돌아갔다.
간도에 들어서서 한 달이 못되어서부터 거칠은 물결은 우리 세 생령(生靈)의 앞에 기탄없이 몰려왔다.

나는 농사를 지으려고 밭을 구하였다. 빈 땅은 없었다. 돈을 주고 사기 전에는 한 평의 땅이나마 손에 넣을 수 없었다. 그렇지 않으면 지나인(支那人)의 밭을 도조나 타조로 얻어야 한다. 일 년 내 중국 사람에게서 양식을 꾸어 먹고 도조난 타조를 얻는대야 일 년 양식 빚도 못 될 것이고 또 나 같은 '시로도'에게는 밭을 주지 않았다. 생소한 산천이요, 생소한 사람들이니, 어디 가 어쩌면 좋을는지? 의논할 사람도 없었다. H라는 촌거리에 셋방을 얻어 가지고 어름어름하는 새에 보름이 지나고 한 달이 넘었다. 그새에 몇 푼 남았던 돈은 다 불려 먹고 밭은 고사하고 일자리도 못 얻었다. 나는 팔을 걷고 나섰다. 이리저리 돌아다니면서 구들도 고쳐 주고 가마도 붙여 주었다. 이리하여 호구하게 되었다. 이때 H 장에서는 나를 '온돌장이'(구들 고치는 사람)라고 불렀다. 갈아입을 의복이 없는 나는 늘 숯검정이 꺼멓게 묻은 의복을 벗을 새가 없었다.

H 장은 좁은 곳이다. 구들 고치는 일도 늘 있지 않았다. 그것으로 밥 먹기가 어려웠다. 나는 여름 불볕에 삯김도 매고 꼴도 베어 팔았다 그리고 어머니와 아내는 삯방아 찧고 강가에 나가서 부스러진 나뭇개비를 주워서 겨우 연명하였다.

김 군! 나는 이때부터야 비로소 무서운 인간고(人間苦)를 느꼈다.

아아, 인생이란 과연 이렇게도 괴로운 것인가, 하는 것을 나는 생각하게 되었다. 나는 나에게 닥치는 풍파 때문에 눈물 흘린 일은 이때까지 없었다. 그러나 어머니가 나무를 줍고 젊은 아내가 샀방아를 찧을 때 나의 피는 끓었으며 나의 눈은 눈물에 흐려졌다.

"에구, 차라리 내가 드러누워 앓고 있지, 네 괴로워하는 꼴은 차마 못 보겠다."

이것은 언제 내가 병들어 신음할 때에 어머니가 울면서 하신 말씀이다. 이것을 무심히 들었던 나는 이때에야 이 말의 참뜻을 느꼈다.

"아아, 차라리 나의 고기가 찢어지고 뼈가 부서지는 것은 참을 수 있으나, 내 눈앞에서 사랑하는 늙은 어머니와 아내가 배를 주리고 남의 멸시를 받는 것은 참으로 견디기 어렵구나."

나는 이렇게 여러 번 가슴을 쳤다.

나는 밤이나 낮이나, 비 오나 바람이 치나 헤아리지 않고 삯김, 삯 심부름, 삯나무 무엇이든지 가리지 않았다.

"오늘도 배고프겠구나, 아침도 변변히 못 먹고……. 나는 너 배 주리지 않는 것을 보았으면 죽어도 눈을 감겠다."

내가 삯일을 하다가 늦게 돌아오면 어머니는 우실 듯이 말씀하셨다.

그러나 나는 흔연하게,

"배가 무슨 배가 고파요."

하고 대답하였다.

내 아내는 늘 별말이 없었다. 무슨 일이든지 시키는 대로 다소곳하고 아무 소리 없이 순종하였다. 나는 그것이 더욱 불쌍하게 생각된다.

나는 어머니보다도 아내 보기가 퍽 부끄러웠다.

'경제의 자립도 못되는 내가 왜 장가를 들었누?'

이것이 부모의 한 일이었지만 나는 이렇게도 탄식하였다. 그럴수록 아내에게 대하여 황공하였고 존경하였다.

어떻게 하면 살 수 있을까……? 이러한 생각은 이때 내 머리를 몹시 때렸다. 이때 나에게 부지런한 자에게 복이 온다, 하는 말이 거짓말로 생각되었다. 그 말을 지상의 격언으로 굳게 믿어온 나는 그 말에 도리어 일종의 의심을 품게 되었고 나중은 부인까지 하게 되었다.

부지런하다면 이때 우리처럼 부지런함이 어디 있으며 정직하다면 이때 우리 식구같이 정직함이 어디 있으랴? 그러나 빈곤은 날로 심하였다. 이틀 사흘 굶은 적도 한두 번이 아니었다. 한 번은 이틀이나 굶고 일자리를 찾다가 집으로 들어가 보니 부엌 앞에서 아내(아내는 이때에 아이를 배어서 배가 남산만 하였다.)

가 무엇을 먹다가 깜짝 놀란다. 그리고 손에 쥐었던 것을 얼른 아궁이에 집어넣는다. 이때 불쾌한 감정이 내 가슴에 떠올랐다.

'……무얼 먹을까? 어디서 무엇을 얻었을까? 무엇이길래 어머니와 나 몰래 먹누? 아! 여편네란 그런 것이로구나! 아니 그러나 설마……. 그래도 무엇을 먹던데…….'

나는 이렇게 아내를 의심도 하고 원망도 하고 밉게도 생각하였다.

아내는 아무런 말없이 어색하게 머리를 숙이고 앉아 씩씩하다가 밖으로 나간다. 그 얼굴은 좀 붉었다. 아내가 나간 뒤에 나는 아내가 먹다 던진 것을 찾으려고 아궁이를 뒤지었다. 싸늘하게 식은 재를 막대기에 뒤져내니 벌건 것이 눈에 띄었다. 나는 그것을 집었다. 그것은 귤껍질이다. 거기는 베먹은 잇자국이 있다. 귤껍질을 쥔 나의 손은 떨리고 잇자국을 보는 내 눈에는 눈물이 괴었다.

김 군! 이때 나의 감정을 어떻게 표현하면 적당할까?

'오죽 먹고 싶었으면 길바닥에 내던진 귤껍질을 주워 먹을까, 더욱 몸 비잖은 그가! 아아, 나는 사람이 아니다. 그러한 아내를 나는 의심하였구나! 이놈이 어찌하여 그러한 아내에게 불평을 품었는가. 나 같은 잔악한 놈이 어디 있으랴. 내가 양심이 부끄러워서 무슨 면목으로 아내를 볼까?'

이렇게 생각하면서 나는 느껴 가며 눈물을 흘렸다. 귤껍질을 쥔 채로 이를 악물고 울었다.

"야, 어째서 우느냐? 일어나거라. 우리도 살 때 있겠지, 늘 이러겠느냐."

하면서 누가 어깨를 친다. 나는 그것이 나의 어머니인 것을 알았다.

"아이구 어머니, 나는 불효자외다."

하면서 어머니의 팔을 안고 자꾸자꾸 울고 싶었다. 그러나 나는 아무 소리 없이 가슴을 부둥켜안고 밖으로 나갔다.

'내가 왜 우노? 울기만 하면 무엇 하나? 살자! 살자! 어떻게든지 살아 보자! 내 어머니와 내 아내도 살아야 하겠다. 이 목숨이 있는 때까지는 벌어 보자!'

나는 이를 갈고 주먹을 쥐었다. 그러나 눈물은 여전히 흘렀다. 아내는 말없이 울고 섰는 내 곁에 와서 손으로 치마끈을 만적거리며 눈물을 떨어뜨린다. 농삿집에서 자라난 아내는 지금도 어찌 수줍은지 내가 울면 같이 울기는 하여도 어떻게 말로 위로할 줄은 모른다.

4

 김 군! 세월은 우리를 위하여 여름을 항시 주지는 않았다.

 서풍이 불고 서리가 내리기 시작하였다. 찬 기운은 벗은 우리를 위협하였다. 가을부터 나는 대구어(大口魚) 장사를 하였다. 삼 원을 주고 대구 열 마리를 사서 등에 지고 산골로 다니면서 콩(大豆)과 바꾸었다. 난 대구 열 마리는 등에 질 수 있었으나 대구 열 마리를 주고 받은 콩 열 말은 질 수 없었다. 나는 하는 수 없이 삼사십 리나 되는 곳에서 두 말씩 두 말씩 사흘 동안이나 져 왔다. 우리는 열 말 되는 콩을 자본 삼아 두부 장사를 시작하였다.

 아내와 나는 진종일 맷돌질을 하였다. 무거운 맷돌을 돌리고 나면 팔이 뚝 떨어지는 듯하였다.

 내가 이렇게 괴로울 적에 해산한 지 며칠 안 되는 아내의 괴로움이야 어떠하였으랴? 그는 늘 낯이 부석부석하였다. 그래도 나는 무슨 불평이 있는 때면 아내를 욕하였다. 그러나 욕한 뒤에는 곧 후회하였다. 콧구멍만 한 부엌방에 가마를 걸고 맷돌을 놓고 나무를 들이고 의복가지를 걸고 하면 사람은 겨우 비비고 들어앉게 된다. 뜬 김에 문창은 떨어지고 벽은 눅눅하다. 모든 것이 후질근하여 의복을 입은 채 미지근한 물속에 들어앉은 듯하였다. 어떤 때는 애써 갈아 놓은 비지가 이 뜬 김 속에서 쉬어 버렸다. 두붓물이 가마에서 몹시 끓어 번질 때에 우윳빛 같은 두붓물 위에 버터 빛 같은 노란 기름이 엉기면 (그것은 두부가 잘될 징조다.) 우리는 안심한다. 그러나 두붓물이 희멀끔해지고 기름기가 돌지 않으면 거기만 시선을 쏘고 있는 아내의 낯빛부터 글러 가기 시작한다. 초를 쳐 보아서 두붓발이 서지 않게 매캐지근하게 풀려질 때에는 우리의 가슴은 덜컥한다.

"또 쉰 게로구나! 저를 어쩌누?"

젖을 달라구 빽빽 우는 어린아이를 안고 서서 두붓물만 들여다보시는 어머니는 목메인 말씀을 하시면서 우신다. 이렇게 되면 온 집안은 신산하여 말할 수 없는 울음, 비통, 처참, 소조(蕭條)한 분위기에 싸인다.

"너 고생한 게 애닯구나! 팔이 부러지게 갈아서……. 그거(두부)를 팔아서 장을 보려고 태산같이 바랬더니……."

어머니는 그저 가슴을 뜯으면서 우신다. 아내도 울 듯 울 듯 머리를 숙인다. 그 두부를 판대야 큰돈은 못된다. 기껏 남는대야 이십 전이나 삼십 전이다. 그것으로 우리는 호구를 한다. 이십 전이나 삼십 전에 어머니는 운다. 아내도 기운이 준다. 나까지 가슴이 바짝바짝 조인다.

그날은 하는 수 없이 쉰 두붓물로 때를 메우고 지낸다. 아이는 젖을 달라고 밤새껏 빽빽거린다.

우리의 살림에 어린애도 귀치는 않았다.

5

울면서 겨자 먹기로 괴로운 대로 또 두부를 하지 않으면 안 된다. 그러나 이번에는 땔나무가 없다. 나는 낫(鎌) 들고 떠난다. 내가 낫을 들고 떠나면 산후 여독으로 신음하는 아내도 낫을 들고 말없이 나를 따라나선다. 어머니와 나는 굳이 만류하나 아내는 듣지 않는다. 내 손으로 하는 나무이언만 마음 놓고는 못 한다. 산 임자에게 들키면 여간한 경을 치지 않는다. 그러므로 우리는 황혼이면 산에 가서 나무를 하여 지고 밤이 깊어서 돌아온다. 아내는 이고 나는 지고 캄캄한 밤에 산비탈로 내려오다가 발이 미끄러지거나 돌에 채이면 곤두박질을 하여 나뭇짐 속에 든다. 아내는 소리 없이 이었던 나무를 내려놓고 나뭇짐에 눌려서 버둑거리는 나를 겨우 끄집어 일으킨다. 그러나 내가 나뭇짐을 지고 일어나면 아내는 혼자 나뭇짐을 이지 못한다. 또 내가 나뭇짐을 벗고 아내에게 이어 주면 나는 추어 주는 이 없이는 나뭇짐을 질 수가 없었다. 하는 수 없이 나는 어떤 높은 바

위에 벗어 놓고 아내에게 이어 준다. 이리하여 산비탈을 내려오면 언제 왔는지 어머니는 애를 업고 우둘우둘 떨면서 산 아래서 기다리다가도,

"인제 오니? 나는 너 또 붙들리지나 않은가 하여 혼이 났다."
하신다. 이때마다 내 가슴은 저렸다. 나는 이렇게 나무를 하다가 중국 경찰서까지 잡혀가서 여러 번 맞았다.

이때 이웃에서는 우리를 조소하고 경찰에서는 우리를 의심하였다.

"흥, 신수가 멀쩡한 연놈들이 그 꼴이야, 어디 가 일자리도 구하지 않고 그 눈이 누래서 두부 장사 하는 꼬락서니는 참 더러워서 못 보겠네. ○알을 달고 나서 그렇게야 살리?"

이것은 이웃 남녀가 비웃는 소리였다. 그리고 어떤 산 임자가 나무 잃고 고발을 하면 경찰서에서는 불문곡직하고 우리 집부터 수색하고 질문하면서 나를 때린다. 그러나 나는 호소할 곳이 없다.

6

김 군! 이러구러 겨울은 점점 깊어 가고 기한은 점점 박두하

였다. 일자리는 없고…… 그렇다고 손을 털고 앉았을 수도 없었다. 모든 식구가 퍼러퍼레서 굶고 앉은 꼴을 나는 그저 볼 수 없었다. 시퍼런 칼이라도 들고 하루라도 괴로운 생을 모면하도록 쿡쿡 찔러 없애고 나까지 없어지든지, 나가서 강도질이라도 하여서 기한을 면하든지 하는 수밖에는 더는 도리가 없게 절박하였다.

나는 일이 없으면 없느니만큼, 고통이 닥치면 닥치느니만큼 내 번민은 크다. 나는 어떤 날은 거의 얼빠진 사람처럼 눈을 감고 깊은 생각에 잠긴 일도 있었다. 이때 머릿속에서는 머리를 움실움실 드는 사상이 있었다. (오늘날에 생각하면 그것은 나의 전 운명을 결정할 사상이었다.)

그 생각은 누구의 가르침에 의해 일어난 것도 아니려니와 일부러 일으키려고 애써서 일어난 것도 아니다. 봄 풀싹같이 내 머릿속에서 점점 머리를 들었다.

'나는 여태까지 세상에 대하여 충실하였다. 어디까지든지 충실하려고 하였다. 내 어머니, 내 아내까지도−. 뼈가 부서지고 고기가 찢기더라도 충실한 노력으로써 살려고 하였다. 그러나 세상은 우리를 속였다. 우리의 충실을 받지 않았다. 도리어 충실한 우리를 모욕하고 멸시하고 학대하였다.

우리는 여태까지 속아 살았다. 포악하고 허위스럽고 요사한

무리를 용납하고 옹호하는 세상인 것을 참으로 몰랐다. 우리뿐 아니라 세상의 모든 사람도 그것을 의식치 못하였을 것이다. 그네들은 그러한 세상의 분위기에 취하였었다. 나도 이때까지 취하였었다. 우리는 우리로서 살아온 것이 아니라 어떤 험악한 제도의 희생자로서 살아왔었다.'

김 군! 나는 사람들을 원망치 않는다. 그러나 마주(魔酒)에 취하여 자기의 피를 짜 바치면서도 깨지 못하는 사람을 그저 볼 수 없다. 허위와 요사와 표독(標毒)과 게으른 자를 옹호하고 용납하는 이 제도는 더욱 그저 둘 수 없다.

'이 분위기 속에서는 아무리 노력하여도 우리의 생의 만족을 느낄 날이 없을 것이다. 어찌하여 겨우 연명을 한다 하더라도 죽지 못하는 삶이 될 것이요, 그 영향은 자식에게까지 미칠 것이다. 나는 어미 품속에서 빽빽 하는 어린것의 장래를 생각할 때면 애잡짤한 감정과 분함을 금할 수 없다. 내가 늘 이 상태면 (그것은 거의 정한 이치다.) 그에게는 상당한 교양은 고사하고, 다리 밑이나 남의 집 문간에 버리게 될 터이니, 아! 삶을 받을 만한 생명을 죄 없이 찌그러지게 하는 것이 어찌 애닲지 않으랴? 그렇다면 그것을 나의 죄라 할까?'

김 군! 나는 더 참을 수 없었다.

나는 나부터 살려고 한다. 이때까지는 최면술에 걸린 송장이었다. 제가 죽은 송장으로 남(식구들)을 어찌 살리랴. 그러려면 나는 나에게 최면술을 걸려는 무리를 험악한 이 공기의 원류를 쳐부수어야 하는 것이다.

나는 이것을 인간의 생의 충동이며 확충이라고 본다. 나는 여기서 무상의 법열(法悅)을 느끼려고 한다. 아니 벌써부터 느껴진다. 이 사상이 나로 하여금 집을 탈출케 하였으며, ○○단에 가입케 하였으며, 비바람 밤낮을 헤아리지 않고 벼랑 끝보다 더 험한 선에 서게 한 것이다.

김 군! 거듭 말한다.

나도 사람이다. 양심을 가진 사람이다. 내가 떠나는 날부터 식구들은 더욱 곤경에 들 줄로 나는 안다. 자칫하면 눈 속이나 어느 구렁에서 죽는 줄도 모르게 굶어 죽을 줄도 나는 잘 안다. 그러므로 나는 이곳에서도 남의 집 행랑어멈이나 아범이며, 노두에 방황하는 거지를 무심히 보지 않는다.

아! 나의 식구도 그럴 것을 생각할 때면 자연히 흐르는 눈물과 뿌직뿌직 찢기는 가슴을 덮쳐 잡는다.

그러나 나는 이를 갈고 주먹을 쥔다. 눈물을 아니 흘리려고 하며 비애에 상하지 않으려고 한다. 울기에는 너무도 때가 늦었으며 비애에 상하는 것은 우리의 박약을 너무도 표시하는 듯싶다. 어떠한 고통이든지 참고 분투하려고 한다.

김 군! 이것이 나의 탈가한 이유를 대략 적은 것이다. 나는 나의 목적을 이루기 전에는 내 식구에게 편지도 하지 않으려고 한다. 그네가 죽어도, 내가 또 죽어도…….

나는 이러다 성공 없이 죽는다 하더라도 원한이 없겠다. 이 시대, 이 민중의 의무를 이행한 까닭이다.

아아, 김 군아!

말을 다 하였으나 정은 그저 가슴에 넘치누나!

홍염

최서해

1

 겨울은 이 가난한 – 백두산 서북편 서간도 한 귀퉁이에 있는 이 가난한 촌락 '빼허(白河)'에도 찾아들었다. 겨울이 찾아들면 조그마한 강을 앞에 끼고 큰 산을 등진 빼허는 쓸쓸히 눈 속에 묻혀서 차디찬 좁은 하늘을 쳐다보게 된다.
 눈보라는 북국의 특색이라. 빼허의 겨울에도 그러한 특색이 있다. 이것이 빼허의 생령들을 괴롭게 하는 것이다.
 오늘도 눈보라가 친다.
 북극의 얼음 세계나 거쳐 오는 듯한 차디찬 바람이 우 – 하고 몰려오는 때면 산봉우리와 엉성한 가지 끝에 쌓였던 눈들이 한

꺼번에 휘날려서 이 좁은 산골은 뿌연 눈안개 속에 들게 된다. 어떤 때는 강골 바람으로 빙판에 덮였던 눈이 산봉우리로 불리게 된다. 이렇게 교대적으로 산봉우리의 눈이 들로 내리고 빙판의 눈이 산봉우리로 올리달려서 서로 엇바뀌는 때면 그런대로 관계치 않으나, 하늬(北風)와 강바람이 한꺼번에 불어서 강으로부터 올리닫는 눈과 봉우리로부터 내리닫는 눈이 서로 부딪치고 어우러지게 되면 눈보라와 바람 소리에 빼허의 좁은 골짜기는 터질 듯한 동요를 받는다.

등진 산과 앞으로 낀 강 사이에 게딱지처럼 끼어 있는 것이 이 빼허의 촌락이다. 통틀어서 다섯 호밖에 되지 않는 집이나마 밭을 따라서 이리저리 흩어져 있다. 모두 커다란 나무를 찍어다가 우물 정(井) 자로 틀을 짜 지은 집인데 여기 사람들은 이것을 '귀틀집'이라 한다. 지붕은 대개 조짚이요, 혹은 나무껍질로도 이었다. 그 꼴은 마치 우리 내지(간도서는 조선을 내지라 한다.)의 거름집(堆肥舍)과 같다. 심하게 말하는 이는 도야지굴과 같다고 한다.

이것이 남부여대로 서간도 산골을 찾아들어서 사는 조선 사람의 집들이다. 빼허의 집들은 그러한 좋은 표본이다.

험악한 강산, 세찬 바람과 뿌연 눈보라 속에 게딱지처럼 붙어서 위태위태하게 침묵을 지키고 있는 이 모든 집에도 언제든지 공도(公道)가 - 위대한 공도가 어그러지지 않으면, 언제든지 꼭 한때는 따뜻한 봄볕이 지나리라. 그러나 이렇게 눈발이 날리고 바람이 우짖으면 그 어설궂은 집 속에 의지 없이 들어박힌 넋들은 자기네로도 알 수 없는 공포에 몸을 부르르 떨게 된다.

이렇게 몹시 춥고 두려운 날 아침에 문 서방은 집을 나섰다. 산산이 흐트러진 머리카락을 뿌연 상투에 휘휘 거둬 감고 수건으로 이마를 질끈 동인 위에 까맣게 그을은 대팻밥 모자를 끈 달아 썼다. 부대처럼 툭툭한 토수래(베실을 삶아서 짠 것이다.) 바지저고리는 언제 입은 것인지 뚫어지고 흙투성이가 되었는데 바람에 무겁게 흩날린다.

"문 서뱅이 발써 갔소?"

문 서방은 짚신에 들막을 단단히 하고 마당에 내려서려다가 부르는 소리에 머리를 돌렸다. 펄쩍 문을 열면서 때가 찌덕찌덕한 늙은 얼굴을 내미는 것은 한 관청(관청은 직함)이었다.

"왜 그러시우?"

경기 말씨가 그저 남아 있는 문 서방은 한 발로 마당을 밟고 한 발로 흙마루를 밟은 채 한 관청을 보았다.

"엑, 바름두! 저, 엑 흑……."

한 관청은 몰아치는 바람이 아츠러운지 연방 흑흑 느끼면서,

"저 일절 욕을 마오! 그게…… 엑, 워쩐 바름이 이런구! 그게

되놈(胡人)인데, 부모두 모르는 되놈인데······."
하는 양은 경험 있는 늙은 사람의 말을 깊이 새겨 들으라는 어조이다.

"나는 또 무슨 말씀이라구! 아 그늠이 이번두 그러면 그저 둔단 말이오?"

문 서방의 소리는 좀 분개하였다.

눈을 몰아치는 바람은 또 몹시 마당으로 몰아들었다. 그 판에 문 서방은 바람을 등지고 돌아서고 한 관청의 머리는 창문 안으로 자라목처럼 움츠렸다.

"글쎄 이 늙은 거 말을 듣소! 그늠이 제 가새비(장인)를 잘 알겠소! 흥······."

한 관청은 함경도 사투리로 뇌면서 다시 머리를 내밀었다.

"염려 마슈! 좋게 하죠."

문 서방은 더 들을 말 없다는 듯이 바람을 안고 획 돌아섰다.

"그새 무슨 일이나 없을까?"

밭 가운데로 눈을 헤갈면서 나가던 문 서방은 주춤하고 돌아다보면서 혼자 뇌었다.

눈보라 때문에 눈도 뜰 수 없거니와 지척을 분간할 수 없이 되어서 집은커녕 산도 보이지 않았다.

"그새 무슨 일이 날라구!"

그는 또 이렇게 혼자 뇌고 저고리 섶을 단단히 여미면서 강가로 내려가다가 발을 돌려서 언덕길로 올라섰다. 강 얼음을 타고 가는 것이 빠르지만 바람이 심하면 빙판에서 걷기가 거북하여 언덕길을 취하였다. 하 다니던 길이니 짐작으로 걷지 눈에 묻혀서 길이 보이지 않았다.

  언덕길에 올라서니 바람은 더 심하였다. 우와 하고 가슴을 치어서 뒤로 휘딱 자빠질 것은 고사하고 눈발에 아츠럽게 낯을 치어서 눈도 뜰 수 없고 숨도 바로 쉴 수 없었다. 뻣뻣하여 가는 사지에 억지로 힘을 주어 가면서 이를 악물고 두 마루턱이나 넘어서 '달리소' 강가에 이르니 가슴에서는 잔나비가 뛰노는 것 같고 등골에는 땀이 흘렀다. 그는 서리가 뿌연 수염을 씻으면서 빙판을 건너간다. 빙판에는 개가죽 모자, 개가죽 바지에 커단 '울레(신)'를 신은 중국 파리(썰매)꾼들이 기다란 채쭉을 휘휘 두르면서,

  "뚜-어, 뚜-어, 딱딱."

하고 말을 몰아간다.

  "꺼울리 날취(저 조선 거지 어디 가나)?"

  중국 파리꾼들은 문 서방을 보면서 욕을 하였으나 문 서방은 허둥허둥 빙판을 건너서 높다란 바위 모롱이를 지나 언덕에 올라섰다.

여기가 문 서방이 목적하고 온 달리소라는 땅이다. 이 땅 주인은 '인(殷)'가라는 중국 사람인데 그 인가는 문 서방의 사위이다. 저편 밭 가운데 굵은 나무로 울타리를 한 것이 인가의 집이다. 그 밖으로 오륙 호나 되는 게딱지 같은 귀틀집은 지팡살이(소작인)하는 조선 사람들의 집이다. 문 서방은 바위 모퉁이를 돌아 언덕에 오르니 산이 서북을 가리어서 바람이 좀 잠작하여 좀 푸근한 느낌을 받았으나, 점점 인가 – 사위의 집 용마루가 보이고 울타리가 보이고 그 좌우에 같은 조선 사람의 집이 보이니 스스로 다리가 움츠러지면서 걸음이 떠지었다.

"엑, 더러운 되놈! 되놈에게 딸 팔아먹은 놈!"

그것은 자기 스스로 한 일은 아니었지만 어디선지 이런 소리가 귀청을 징징 치는 것 같은 동시에 개기름이 번지르하여 핏발이 올올한 눈을 흉악하게 굴리는 인가 – 사위의 꼴이 언뜻 눈앞에 떠올라서 그는 발끝을 돌릴까 말까 하고 주저거렸다. 그러다가도,

"여보, 용례(딸의 이름)가 왔소? 용례 좀 데려다 주구려!"

하고 죽어 가는 아내의 애원하는 소리가 귓가에 울려서 다시 앞을 향하였다.

"이게 문 서방이! 또 딸집을 찾아가옵느마?"

머리를 수긋하고 걷던 문 서방은 불의의 모욕이나 받는 듯이

어깨를 툭 떨어뜨리면서 머리를 들었다. 그것은 길옆에서 도야지 우리를 손질하던 지팡살이꾼의 한 사람이었다.

"네! 아아니……."

문 서방은 대답도 아니요 변명도 아닌 이러한 말을 하고는 얼른얼른 인가의 집으로 향하였다. 온 동리가 모두 나서서 자기의 뒤를 비웃는 듯해서 곁눈질도 못 하였다.

여기는 서북이 가리어서 빼허처럼 바람이 심하지 않았다. 흐릿하나마 별도 엷게 흘렀다.

2

"여보! 저 인가가 또 오는구려!"

가을볕이 쨍쨍한 마당에서 깨를 떨던 아내는 남편 문 서방을 보면서 근심스럽게 말하였다.

"오면 어쩌누? 와도 허는 수 없지!"

뒤줏간 앞에서 옥수수 껍질을 바르던 문 서방은 기탄없이 말하였다.

"엑, 그 단련을 또 어찌 받겠소?"

아내의 찌푸린 낯은 스르르 흐리었다.

"참 되놈이란 오랑캐……."

"여보 여기 왔소."

문 서방의 높은 소리를 주의시키던 아내는 뒤줏간 저편을 보면서,

"아, 오셨소!"

하고 어색한 웃음을 웃었다.

"예, 왔소! 장구재(주인) 있소?"

지주 인가는 어설픈 웃음을 지으면서 마당에 들어서다가 뒤줏간 앞에 앉은 문 서방을 보더니,

"응, 저기 있소!"

하고 손가락질하면서 그 앞에 가서 수캐처럼 쭈그리고 앉았다.

서천에 기운 태양은 인가의 이마에 번지르르 흘렀다.

"어디 갔다 오슈?"

문 서방은 의연히 옥수수를 바르면서 하기 싫은 말처럼 힘없이 끄집어내었다.

"문 서방! 그래 올에두 비들(빚을) 못 가프겠소?"

인가는 문 서방 말과는 딴전을 피우면서 담뱃대를 쌈지에 넣는다.

"허허, 어제두 말했지만 글쎄 곡식이 안 된 거 어떡하오?"

"안 돼! 안 돼! 곡식이 자르 되구 모 되구 내가 알으오? 오늘

은 받아 가지구야 가갔소!"

인가는 담배를 피우면서 버티려는 수작인지 땅에 펑덩 들어앉았다.

"내년에는 꼭 갚아 드릴게 올만 참아 주오! 장구재도 알지만 흉년이 되어서 되지두 않은 이것(곡식)을 모두 드리면 우리는 어떻게 겨울을 나라우? 응! 자, 내년에는 꼭……, 하하."

인가를 보면서 넋 없는 웃음을 치는 문 서방의 눈에는 애원하는 빛이 흘렀다.

"안 되우! 안 돼! 퉁퉁(모두) 디 주! 모두두 많이 부족이오!"

"부족이 돼두 하는 수 없지. 글쎄 뻔히 보시면서 어떡하란 말이오! 휴."

"어째 어부소? 응 늬디 어째 어부소 마리해! 울리 쌀리디, 울리 소금이디, 울리 강냉이디……. 늬디 입이(그는 입을 가리키면서) 디 안 먹어? 어째 어부소? 응."

인가는 낯빛이 거무락푸르락해서 소리를 고래고래 질렀다. 문 서방은 더 말이 나오지 않았다.

언제나 이놈의 소작인 노릇을 면하여 볼까? 경기도에서도 소작인 십 년에 겨죽만 먹다가 그것도 자유롭지 못하여 남부여대로 딸 하나 앞세우고 이 서간도로 찾아들었더니 여기서도 그네를 맞아 주는 것은 지팡살이였다. 이름만 달랐지 역시 소작인이다. 들어오던 해는 풍년이었으나 늦게 들어와서 얼마 심지 못하였고 그 이듬해에는 흉년으로 말미암아 일 년 내 꾸어 먹은 것도 있거니와 소작료도 못 갚아서 인가에게 매까지 맞고 금년으로 미뤘더니 금년에도 흉년이 졌다. 다른 사람들도 빚을 지지 않은 바가 아니로되 유독 문 서방을 조르는 것은 음흉한 인가의 가슴속에 문 서방의 딸 용례(금년 열일곱)가 걸린 까닭이었다. 문 서방은 벌써 그 눈치를 알아채었으나 차마 양심이 허락지 않았다. 인가의 욕심만 채우면 밭맥[1맥은 10일경(日耕) = 1일경은 약 천 평]이나 단단히 생겨서 한평생 기탄이 없을 것을 모르지는 않지만 무남독녀로 고이 기른 딸을 되놈에게 주기는 머리에 벼락이 내릴 것 같아서 죽으면 그저 굶어 죽었지 차마 할 수 없었다. 그는 그런 것 저런 것 생각할 때마다 도리어 내지(조선)가 그리웠다. 쪼들려도 나서 자란 자기 고향에서 쪼들리던 옛날이 – 삼 년 전의 그 옛날이 그리웠다. 그러나 그것도 한 꿈이었다. 그 꿈이 실현되기에는 그네의 경제적 기초가 너무도 없었다. 빈 마음만 흐르는 구름에 부쳐서 내지로 보낼 뿐이었다.

"어째서 대답이 어부소, 응? 그래 울리 비디디 안 가파? 창우니! 빠피야(이놈 껍질 벗긴다.)."

인가는 담뱃대를 꽁무니에 찌르면서 일어나 앉더니 팔을 걷는다. 그것을 본 문 서방 아내는 낯빛이 파랗게 질려서 부들부들 떨면서 이편만 본다. 문 서방도 낯빛이 까맣게 죽었다.

"자, 그러면 금년 농사는 온통 드리지요!"

문 서방의 목소리는 힘없이 떨렸다. 마치 종아리채를 든 초학 훈장 앞에 엎드린 어린애의 소리처럼…….

"부요우(일없다)…… 퉁퉁디…… 모모 모두 우리 가져가두 보미(옥수수) 쓰단(4石), 쌔옌(소금) 얼씨진(20斤), 쏘미(좁쌀)디 빠단(8石)디 유아(있다)…… 니디 자리 알라 있소! 그거 안 쥐?"

검붉은 인가의 뺨은 성난 두꺼비 배처럼 불떡불떡하였다.

"나머지는 내년에 갚지요!"

문 서방은 머리를 뚝 떨어뜨렸다.

"슴마(무엇)? 창우니 빠피야!"

인가의 억센 손이 문 서방의 멱살을 잡았다. 문 서방은 가만히 받았다. 정신이 아찔하였다.

"에구, 장구재…… 흑흑…… 장구재…… 제발 살려 줍쇼! 제발 살려 주시면 뼈를 팔아서라두 갚겠습니다. 장구재 제발!"

문 서방의 아내는 부들부들 떨면서 인가의 팔에 매달렸다. 그의 애걸하는 소리는 벌써 울음에 떨렸다.

"내 보미 워디 소금이 낼라! 아니 줬소? 아니 줬소? 어 어째서 아니 줬소?"

인가의 주먹은 문 서방의 귓벽을 울렸다.

"아이구!"

문 서방은 땅에 쓰러졌다.

"엑 에구…… 응응응…… 에구 장구재! 제발 제제…… 흑 제발 좀 살려 줍쇼…… 응응."

쓰러지는 문 서방을 붙잡던 아내는 인가를 보면서 땅에 엎드려서 손을 비빈다.

"이 상느므 샛지(상놈의 자식)…… 늬듸 로포(아내) 워디(내가) 가져가!"

하고 인가는 문 서방을 차더니 엎디어서 손이야 발이야 비는 문 서방의 아내의 손목을 잡아끌었다.

"늬듸 울리 집이 가! 오늘리부터 늬듸 울리 에미네(아내)!"

"장구재…… 제발…… 에이구 응응."

"에구, 엄마!"

집 안에서 바느질하던 용례가 내달았다. 인가는 문 서방의 아내를 사정없이 끌고 자기 집으로 향한다.

"나를 잡아가라! 나를!"

쓰러졌던 문 서방은 인가의 팔을 잡았다.

"타마나!"

하는 소리와 같이 인가의 발길은 문 서방의 불거름으로 들어갔다. 문 서방은 거꾸러졌다.

"아이구 어머니! 왜 울 어머니를 잡아가요? 응응…… 흑."

용례는 어머니의 팔목을 잡은 중국인의 손을 물어뜯었다. 용례를 본 인가는 바로 문 서방 아내는 놓고 문 서방의 딸 용례를 잡았다.

"이 개새끼야! 이것 놔라……. 응응 흑…… 아이구 아버지……, 엄마!"

억센 장정 인가에게 티끌같이 끌려가는 연연한 처녀는 몸부림을 하면서 발악을 하였다.

"용례야! 아이구 우리 용례야!"

"에이구 응……, 너를 이 땅에 데리구 와서 개 같은 놈에게……."

문 서방의 내외는 허둥지둥 달려갔다.

낯빛이 파랗게 질린 흰옷 입은 사람들은 쭉 나와서 섰건마는 모두 시체같이 서 있을 뿐이었다. 여편네 몇몇은 치맛자락으로 눈물을 씻었다.

의연히 제 걸음을 재촉하는 볕은 서산 위에 뉘엿뉘엿하였다. 앞강으로 올라오는 찬바람은 스르르 스쳐 가는데 석양에 돌아가는 까마귀 울음은 의지 없는 사람의 넋을 호소하는 듯 처량하였다.

"에구 용례야! 부모를 못 만나서 네 몸을 망치는구나! 에구 이놈에 돈이 우리를 죽이는구나!"

문 서방 내외는 그 밤을 인가의 집 울타리 밖에서 새었다. 누구 하나 들여다보지도 않는데 인가의 집에서 내놓은 개들은 두 내외를 잡아먹을 듯이 짖으며 덤벼들었다.

이리하여 용례는 영영 인가의 손에 들어갔다. 며칠 후에 인가는 지금 문 서방이 있는 빼허에 땅날갈이나 있는 것을 문 서방에게 주어서 그리로 이사시켰다. 문 서방은 별별 욕과 애원을 하였으나 나중에 인가는 자기 집 일꾼들을 불러서 억지로 몰아내었다. 이리하여 문 서방은 차마 생목숨을 끊기 어려워서 원수가 주는 땅을 파먹게 되었다. 그것이 작년 가을이었다. 그 뒤로 인가는 절대로 용례를 밖으로 내보내지 않을 뿐만 아니라 그 어버이 되는 문 서방 내외에게도 보이지 않았다.

"용례는 매일 밥도 안 먹고 어머니 아버지만 부르고 운다."
하는 희미한 소식을 인가의 집에 가까이 드나드는 중국인들에게서 들을 때마다 문 서방은 가슴을 치고 그 아내는 피를 토하였다.

이리하여 문 서방의 아내는 늦은 여름부터 아주 병석에 드러누웠다. 그는 병석에서 매일 용례만 부르고 용례만 보여 달라고 졸랐다. 그래서 문 서방은 벌써 세 번이나 인가를 찾아가서 말했으나 효과가 없었다.

이번까지 가면 네 번째다. 이번은 어떻게 성사가 될는지? (간도 있는 중국인들은 조선 여자를 빼앗아 가든지 좋게 사 가더라도 밖에 내보내지도 않고 그 부모에게까지 흔히 면회를 거절한다. 중국인은 의심이 많아서 그런다고 들었다.)

3

 문 서방은 울긋불긋한 채필로 '관운장'과 '장비'를 무섭게 그려 붙인 집 대문 앞에 섰다. 문 밖에서 뼈다귀를 핥던 얼룩 개 한 마리가 웡웡 짖으면서 달려들더니 이 구석 저 구석에서 개 무리가 우아 하고 덤벼들었다. 어떤 놈은 으르렁 으르고, 어떤 놈은 뒷다리 사이에 바싹 끼면서 금방 물듯이 송곳 같은 이빨을 악물었고, 어떤 놈은 대어들었다가는 뒷걸음을 치고 뒷걸음을 쳤다가는 대어들면서 산천이 무너지게 짖고, 어떤 놈은 소리도 없이 코만 실룩실룩하면서 달려들었다. 그 여러 놈들이 문 서방을 가운데 넣고 죽 돌아서서 각각 제 재주대로 날뛴다. 그러지 않아도 지금 개 때문에 대문 밖에서 기웃거리던 문 서방은 이 사면초가를 어떻게 막으면 좋을지 몰랐다. 이러는 판에 한 마리가 휙 들어와서 문 서방의 바짓가랑이를 물었다.

"으악…… 꺼우디(개를)!"

문 서방이 소리를 치면서 돌멩이를 찾느라고 엎드리는 것을 보더니 개들은 일시에 뒤로 물러났으나 다시 덤벼들었다.

"창우니 타마나가비(상소리다.)!"

안에서 개가죽 모자를 쓰고 뛰어나오는 일꾼은 기다란 호미 자루를 휘두르면서 개를 쫓았다. 개들은 몰려가면서도 몹시 짖었다.

문 서방은 조짚 수수깡이가 지저분하게 널려 있는 마당을 지나서 왼편 일꾼들 있는 방문으로 들어갔다. 누릿하고 퀴퀴한 더운 기운이 후끈 낯을 스칠 때 얼었던 두 눈은 뿌연 더운 안개에 스르르 흐려서 어디가 어딘지 잘 분간할 수 없었다.

"윈따야 랠라마(문 영감 오셨소)?"

캉(구들)에서 지껄이던 중국인 중에서 누군지 그에게 첫인사를 붙였다.

"에헤 랠라 장구재 유(있소)?"

문 서방은 어색한 웃음을 지었다. 얼었던 몸은 차츰 녹고 흐리었던 눈앞도 점점 밝아졌다.

"쌍캉바(구들로 올라오시오)!"

구들 위에서 나는 틱틱한 소리는 인가였다. 그는 일꾼들과 무슨 의논을 하던 판인가? 지껄이던 일꾼들은 고요히 앉아서 담배를 피우면서 호기심에 번득이는 눈을 인가와 문 서방에게 보내었다.

어느 천년에 지은 집인지? 거미줄이 얼키설키 서린 천장과 벽은 아궁이 속같이 꺼먼데 벽에 붙여 놓은 삼국풍진도(三國風塵圖)며 춘야도리원도(春夜桃李園圖)는 이리저리 찢기고 그을었다. 그을음과 담배 연기에 싸여서 눈만 반짝반짝하는 무리들은 아귀도(餓鬼道)를 생각게 한다. 문 서방은 무시무시한 기분에 몸을 부르르 떨었다.

"치옌바(담배 잡수시오)!"

인가는 웬일인지 서투른 대로 곧잘 하던 조선말은 하지 않고 알아도 듣지 못하는 중국말을 쓰면서 담뱃대를 문 서방 앞에 내밀었다.

"여보 장구재! 우리 로포가 딸(용례)을 못 봐서 죽겠으니 좀 보여 주, 응……."

문 서방은 담뱃대를 받으면서 또 전처럼 애걸하였다. 인가는 이마를 찡그리면서 볼을 불렸다.

"저게(아내) 마지막 죽어 가는데 철천지한이나 풀어야 하지 않겠소, 응! 한 번만 보여 주! 어서 그러우! 내가 용례를 만나면 꼬일까 봐…… 그럴 리 있소! 이렇게 된 밧자에…… 한 번만…… 낯이나…… 저 죽어 가는 제 에미 낯이나 한 번 보게 해

주! 네? 제발……."

"안 되우! 보내지 모하겠소. 우리 지비 문 바께 로포(아내) 나갔소. 재미어부소."

배짱을 부리는 인가의 모양은 마치 전당포 주인과 같은 점이 있었다. 문 서방의 가슴은 죄었다. 아쉽고 안타깝고 슬픔이 어우러지더니 분한 생각이 났다. 부뚜막에 놓은 낫을 들어서 인가의 배를 왁 긁어 놓고 싶었으나 아직도 행여나 하는 바람과 삶에 대한 애착심이 그 분을 제어하였다.

"그러지 말고 제발 보여 주오! 그러면 내 아내를 데리고 올까? 아니 바람을 쏘여서는…… 엑 죽어두 원이나 끄고 죽게 내가 데리고 올게 낯만 슬쩍 보여 주오…… 네…… 흑…… 끅…… 제발……."

이십 년 가까이 손끝에서 자기 힘으로 기른 자기 딸을 억지로 빼앗긴 것도 원통하거든 그나마 자유로 볼 수 없이 되는 것을 생각하니…… 더구나 그 우악한 인가에게 가슴과 배를 사정없이 눌리는 연연한 딸의 버둥거리는 그림자가 눈앞에 언뜻하여 가슴이 꽉 막히고 사지가 부르르 떨리면서 주먹이 쥐어졌다. 그러나 뒤따라 병석의 아내가 떠오를 때 그의 주먹은 풀리고 머리는 숙었다.

"낼리 또 왔소 이 얘기하오! 오늘리디 울리디 일이디 푸푸디!

많이 있소!"

인가는 문 서방을 어서 가라고 하는 듯이 자기 먼저 캉에서 내려섰다.

"제발 이러지 말구! 으흑 흑…… 제제…… 제발 단 한 번만이라두 낯만…… 으흑흑 응!"

문 서방은 인가를 따라서 밖으로 나오면서 울었다. 등 뒤에서는 웃음소리가 들렸다. 그러나 그 웃음소리는 이때의 문 서방에게는 아무러한 자극도 주지 못하였다.

"자, 이게 적지만!"

마당에 한참이나 서서 무엇을 생각하던 인가는 백 조(百吊)짜리 관체(官帖, 돈) 석 장을 문 서방의 손에 쥐였다. 문 서방은 받지 않으려고 했다. 더러운 놈의 더러운 돈을 받지 않으려 하였다. 그러나 지금 부쳐 먹는 밭도 인가의 밭이다. 잠깐 사이 분과 설움에 어리어서 튀기던 돈은 - 돈 힘은 굶고 헐벗은 문 서방을 누르지 않을 수 없었다. 그는 못 이기는 것처럼 삼백 조를 받아 넣고 힘없이 나오다가,

'저 속에는 용례가 있으려니!'

생각하면서 바른편에 놓인 조그마한 집을 바라볼 때 자기도 모르게 발길이 도로 돌아섰다. 마치 거기서는 용례가 울면서 자기를 부르는 것 같았다. 그러나 인가는 문 서방을 문밖에 내보

내고 문을 닫아 잠갔다.

문밖에 나서니 천지가 아득하였다. 발길이 돌아가지 않았다. 사생을 다투는 아내를 생각하면 아니 가진 못할 일이고 이 울타리 속에는 용례가 있거니 생각하면 눈길이 다시금 울타리로 옮아갔다.

그가 바위 모롱이 빙판에 올 때까지 개들은 쫓아 나와 짖었다. 그는 제 분김에 한 마리 때려잡는다고 얼른 돌멩이를 집어 들었다가, 작년 가을에 어떤 조선 사람이 어떤 중국 사람의 개를 때려죽이고 그 사람이 주인에게 총 맞아 죽은 일이 생각나서 들었던 돌멩이를 헛뿌렸다.

돋아 떨어지는 겨울 해는 어느새 강 건너 봉우리 엉성한 가지 끝에 걸렸다. 바람은 좀 자고 날씨는 맑으나 의연히 추워서 수염에는 우물가처럼 얼음 보쿠지가 졌다.

4

눈옷 입은 산봉우리 나뭇가지 끝에 남았던 붉은 석양볕이 스르르 자취를 감추고 먼 동쪽 하늘가에 차디찬 연자줏빛이 싸르르 돌더니 그마저 스러지고 쌀쌀한 하늘에 찬 별들이 내려다보게 되면서부터 어둑한 황혼 빛이 뻬허의 좁은 골에 흘러들어서 게딱지같은 집 속까지 흐리기 시작하였다.

꺼먼 서까래가 드러난 수수깡 천장에는 그을은 거미줄이 흐늘흐늘 수없이 드리우고, 빈대 죽인 자리는 수묵으로 댓잎(竹葉)을 그린 듯이 흙벽에 빈틈이 없는데 먼지가 수북한 구들에는 구름깔개(참나무를 얇게 밀어서 결은 자리)를 깔아 놓았다. 가마 저편 바당(부엌)에는 장작개비가 흩어져 있고 아궁이에서는 벌건 불이 훨훨 붙는다.

뜨끈뜨끈한 부뚜막에는 문 서방의 아내가 누덕이불에 싸여 누웠고 문 앞과 윗목에는 이웃집 사람들이 모여 앉았는데 지금 막 달리소 인가의 집에서 돌아온 문 서방은 신음하는 아내의 가슴에 손을 얹고 앉았다.

등꽂이에 켜 놓은 등(삼대에 겨를 올려서 불 켜는 것)불은 환하게 이 실내의 이 모든 사람을 비췄다.

"용례야! 용례야! 용례야!"

고요히 누웠던 문 서방의 아내는 마지막 소리를 좀 크게 질렀다. 문 서방은 아내의 가슴을 지그시 눌렀다.

"에구! 우리 용례! 우리 용례를 데려다 주구려!"

그는 눈을 번쩍 뜨면서 몸을 흔들었다.

"여보, 왜 이러우. 용례가 지금 와요! 금방 올걸!"

어린애를 달래듯 하면서 땀때가 께저분한 아내의 얼굴을 내려다보는 문 서방의 눈은 흐렸다.

"에구, 몹쓸 늠(인가)두! 저런 거 모르는 체하는가? 음!"

윗목에 앉은 늙은 부인은 함경도 사투리로 구슬피 뇌었다.

"허, 그러게 되놈이라지! 그놈덜께 인류가 있소?"

문 앞에 앉았던 한 관청은 받아치었다.

"용례야! 용례야! 흥 저기저기 용례가 오네!"

문 서방의 아내는 쑥 꺼진 두 눈을 모들떠서 천장을 뚫어지게 보면서 보기에 아츠러운 웃음을 웃었다.

"어디? 아직은 안 오! 여보, 왜 이리우? 정신을 채리우, 응!"

문 서방의 목소리는 떨렸다.

"저기 엑…… 용…… 용례……."

그는 눈을 더 크게 뜨고 두 뺨의 근육을 경련적으로 움직이면서 번쩍 일어났다. 문 서방은 아내의 허리를 끌어안았다.

그는 또 정신에 착각을 일으켰는지 창문을 바라보고 뛰어나가려고 하면서,

"용례야! 용례 용례……. 저 저기저기 용례가 있네! 용례야, 어디 가니? 용례야! 네 어디 가느냐? 으응."

고함을 치고 눈물 없는 울음을 우는 그의 눈에서는 퍼런 불빛이 번쩍하였다.

좌중은 모진 짐승의 앞에나 앉은 듯이 모두 숨을 죽이고 손을 들었다. 문 서방은 전신의 힘을 내어서 아내의 허리를 안았다.

"하하하(그는 이상한 소리를 내어 웃다가 다시 성을 잔뜩 내면서)…… 용례! 용례가 저리로 가는구나! 으응…… 저놈이 저놈이 웬 놈이냐?"

하면서 한참 이를 악물고 창문을 노려보더니,

"저 저…… 이놈아! 우리 용례를 놓아라! 저 되놈이, 저 되놈이 용례를 잡아가네! 이놈 놔라! 이놈 모가지를 빼놓을 이 이."

그의 눈앞에는 용례를 인가에게 빼앗기던 그때가 떠올랐는지, 이를 빡 갈면서 몸을 번쩍 일어 창문을 향하고 내달았다.

"여보, 정신을 차리오! 여보, 왜 이러우! 아이구! 응."

쫓아 나가면서 아내의 허리를 안아서 뒤로 끌어들이는 문 서방의 소리는 눈물에 젖었다.

"이놈아! 이게 웬 놈이 남을 붙잡니? 응 으윽."

그는 두 손으로 남편의 가슴을 밀다가도 달려들어서 남편의 어깨를 물어뜯으면서,

"이것 놔라! 에그 용례야, 저게 웬 놈이…… 에구구…… 저놈이 용례를 깔고 앉네!"

하고 몸부림을 탕탕 하는 그의 눈엔 핏발이 서고 낯빛은 파랗게 질렸다.

이때 한 관청 곁에 앉았던 젊은 사람은 얼른 일어나서 문 서방을 조력하였다. 끌어들이려거니 뛰어나가려거니 하여 밀치고 당기는 판에 등꽂이가 넘어져서 등불이 펄렁 죽어 버렸다. 방 안이 갑자기 깜깜하여지자 창문만 히슥하였다.

"조심들 하라니! 엑 불두!"

한 관청은 등대를 화로에 대고 푸푸 불면서 툭덕툭덕하는 사람들께 주의를 시켰다.

불은 번쩍하고 켜졌다.

"우우 쏴‒스르륵."

문을 치는 바람 소리가 요란하였다.

"엑, 또 바람이 나는 게로군! 날쎄두 페릅(괴상)다."

한 관청은 이렇게 뇌면서 등꽂이에 등대를 꽂고 몸부림하는 문 서방 내외와 젊은 사람을 피하여 앉았다.

"이것 놓아 주오! 아이구! 우리 용례가 죽소! 저 흉한 되놈에게 깔려서…… 엑, 저 저 저…… 저것 봐라! 이놈 네 이놈아! 에이구 용례야! 용례야! 사람 살려 주오! (소리를 더욱 높여서) 우리 용례를 살려 주! 응으윽 에엑응……."

그는 마지막으로 오장육부가 쏟아지게 소리를 지르다가 검붉은 핏덩어리를 왈칵 토하면서 앞으로 거꾸러졌다.

"으윽!"

"응 끔직두 한 게!"

하면서 사람들은 거꾸러진 문 서방의 아내 앞에 모여들었다.

"여보! 여보! 아이구 정신 좀······."

떨려 나오는 문 서방의 소리는 절반이나 울음으로 변하였다.

거불거불하는 등불 속에 검붉은 피를 한 말이나 토하고 쓰러진 그는 낯이 파랗게 되어서 숨결이 없었다.

"허! 잡싱(雜神)이 붙었는가? 으흠 응! 으흠 응! 각황제방, 심미기, 두우열로 구슬벽······."

사람들과 같이 문 서방의 아내를 부뚜막에 고요히 뉘어 놓은 한 관청은 귀신을 쫓는 경문이라고 발음도 바로 못 하는 이십팔수를 줄줄줄 읽었다.

"으응응······ 흑흑······ 여 여보!"

문 서방의 목메인 울음을 받는 그 아내는 한 관청의 서투른 경문 소리를 듣는지 마는지? 손발은 점점 식어 가고 낯은 파랗게 질렸는데, 무엇을 보려고 애쓰던 눈만은 멀거니 뜨고 그저 무엇인지 노리고 있다.

경문을 읽던 한 관청은,

"엑, 인제는 늙어 가는 사람이 울기는? 우지 마오! 이내 살아날꺼!"

하고 문 서방을 나무라면서 문 서방의 아내 앞에 다가앉더니 주머니에서 은동침(어느 때에 얻어 둔 것인지?)을 내어서 문 서방 아내의 인중(人中)을 꾹 찔렀다. 그러나 점점 식어 가는 그는 이마도 찡그리지 않았다. 다시 콧구멍에 손을 대어 보았으나 숨결은 없었다.

바람은 우우 쏴-하고 문에 눈을 들이치었다. 여러 사람은 약속이나 한 듯이 두려운 빛을 띤 눈으로 창을 바라보았다.

"으응 에이구! 여보! 끝끝내 용례를 못 보고 죽었구려…… 잉잉…… 흑."

문 서방은 울기 시작하였다. 그 울음소리는 고요한 방 안 불빛 속에 바람 소리와 함께 처량하게 흘렀다.

"에구 못된 놈(인가)두 있는 게!"

"에구 참 불쌍하게두!"

"흥 우리두 다 그 신세지!"

무시무시한 기분에 싸여서 낯빛이 푸르러 가는 사람들은 각각 한마디씩 뇌었다. 그 소리는 모두 갈데없는 신세를 호소하는 듯하게 구슬프고 힘없었다.

5

 문 서방의 아내가 죽던 그 이튿날 밤이었다. 그날 밤에도 바람이 몹시 불었다. 그 바람은 강바람이어서 서북에 둘린 산 때문에 좁한 바람은 움쩍도 못하던 달리소(문 서방의 사위 인가의 땅)까지 범하였다. 서북으로 산을 등지고 앞으로 강 건너 높은 절벽을 대하여 강골밖에 터진 데 없는 달리소는 강바람이 들어차면 빠질 데는 없고 바람과 바람이 부딪쳐서 흔히 회오리바람이 일게 된다. 이날 밤에도 그 모양으로, 달리소에는 회오리바람이 일어서 낟가리가 날리고 지붕이 날리고 산천이 울려서 혼돈이 배판할 때 빙세계나 트는 듯한 판이라 사람은커녕 개와 도야지도 굴속에서 꿈쩍 못 하였다.
 밤이 썩 깊어서였다.
 차디찬 별들이 총총한 하늘 아래, 우렁찬 바람에 휘날리는 눈발을 무릅쓰고 달리소 앞 강 빙판을 건너서 달리소 언덕으로 올라가는 그림자가 있다. 모진 바람이 스치는 때마다 혹은 엎드리고 혹은 우뚝 서기도 하면서 바삐바삐 가던 그 그림자는 게딱지 같은 지팡살이집 근처에서부터 무엇을 꺼리는지 좌우를 슬몃슬몃 보면서 자취를 숨기고 걸음을 느리게 하여 저편으로 돌아가 인가의 집 높은 울타리 뒤로 돌아간다.

"으르릉 웡웡."

하자 어느 구석에선지 개가 한 마리, 두 마리, 세 마리, 네 마리 뒤이어 나와서 짖으면서 그 그림자를 쫓아간다. 그 개소리는 처량한 바람소리 속에 싸여 흘러서 건너편 산을 즈르릉즈르릉 울렸다.

"꽝! 꽝꽝!"

인가의 집에서는 개 짖음에 홍우재(마적)나 몰아오는가 믿었던지 헛총질을 너댓 방이나 하였다. 그 소리도 산천을 울렸다. 그 바람에 슬근슬근 가던 그림자는 휙 돌아서서 손에 들었던 보자기를 개 앞에 던졌다. 보자기는 터지면서 둥글둥글한 것이 우르르 쏟아졌다. 짖으면서 달려오던 개들은 짖음을 그치고 거기 모여들어서 서로 물고 뜯고 빼앗아 먹는다. 그러는 사이에 그림자는 인가의 울타리 뒤에 산같이 쌓아 놓은 보릿짚더미에 가서 성냥을 쭉 긋더니 뒷산으로 올리닫는다.

처음에는 바람 속에서 판득판득하던 불이 삽시간에 그 산 같은 보릿짚더미에 붙었다.

"휘쓰(불이야)!"

하고 고함과 같이 사람의 소리는 요란하였다. 모진 바람에 하늘하늘 일어서는 불길은 어느새 보릿짚더미를 살라 버리고 울타리를 살라 버리고 울타리 안에 있는 집에 옮았다.

"푸우 우루루루루 쏴아⋯⋯."

동풍이 몹시 이는 때면 불기둥은 서편으로, 서풍이 몹시 부는 때면 불기둥은 동으로 쏠려서 모진 소리를 치고 검은 연기를 뿜다가도 동서풍이 어울치면 축융(火神)의 붉은 혓발은 하늘하늘 염염이 타올라서 차디찬 별 – 억만년 변함이 없을 듯하던 별까지 녹아내릴 것같이 검은 연기는 하늘을 덮고 붉은빛은 깜깜하던 골짜기에 차 흘러서 어둠을 기회로 모여들었던 온갖 요귀를 몰아내는 것 같다.

불을 질러 놓고 뒷숲속에 앉아서 내려다보던 그 그림자 – 딸과 아내를 잃은 문 서방은,

"하하하."

시원스럽게 웃고 가슴을 만지면서 한 손으로 꽁무니에 찼던 도끼를 만져 보았다.

일 동리 사람들과 인가의 집 일꾼들은 불붙는 데 모여들었으나 모두 어쩔 줄을 모르고 떠들고 덤비면서 달려가고 달려올 뿐이었다.

그러는 사이에 울타리는 물론 울타리 속에 엉큼히 서 있던 큰 집 두 채도 반이나 타서 쓰러졌다.

이런 불 속으로부터 여러 사람이 오고가는 밭 가운데로 뛰어나가는 두 그림자가 있었다. 하나는 커다란 장정이요, 하나는

제1과 제1장

_이무영

1

 덜크덕, 덜크덕, 퍼언한 신작로에 소 마차 바퀴 소리가 외로이 울린다. 사양에 키만 멀쑥하니 된 가로수 포플러의 그림자가 느른하니 길을 가로막고 있을 뿐, 별로 행인도 없는 호젓한 신작로다. 동리 앞에는 곰방대를 문 영감님이 벌거숭이 손자놈을 데리고 앉아서 돌장난을 시키고 있다. 약삭빠른 계절에 뒤떨어진 매미 소리는 마치 남의 나라에 갇혀 버린 공주의 탄식처럼 청승맞다.
 "이러 이소 쯔즈!"
 안반짝 같은 소 엉덩이에 철썩 물푸레 회초리가 운다. 소란 놈은 파리를 날려 주어 고맙게 여길 정도인지 아무런 반응도 없다. 그저 뚜벅뚜벅 앞만 내다보고 걸을 뿐이다.

 소 마차가 동리 앞을 지날 때마다 주막집 뜰팡에 멍석을 깔고 땀을 들이던 일꾼들의 눈이 일시에 마차 짐으로 옮겨진다. 이 삿짐을 처음 보아서가 아니라, 그들의 눈에는 이 우차 위에 실려진 가구며 세간이 진기한 모양이다. 항아리니, 독이니, 메주덩이, 바자지짝 – 이런 세간은 한 개도 볼 수 없고 농짝은 분명히 농짝이다. 생김생김도 그러려니와 시골서는 볼 수 없는 호들갑스럽게 큰 장이다. 이모저모에 가마니 장을 대어서 전부는 보이지 않으나마 넘어가는 햇볕을 받아 거울이 번쩍한다. 함 대신에 화류 단층장, 버들상자도 큰 것이 네모 번듯하다. 뭣에 쓰이는 것인지 알 길도 없는 혼란스러운 갓이며, 검고 붉은빛이 도는 가죽 가방, 면장 나리나 무슨 주임 나리가 놓여 있고 그런 책상에 걸상도 화려하다.

 "뉘 첩살림인 게군."

 키만 멀쑥하니 여덟팔자 노랑 수염이 담승담승 난 하릴없이 노름꾼처럼 생긴 한 친구가 이렇게 운을 뗐다.

 "토 ㅅ자에 ㄱ했네."

 누군지가 이렇게 받자,

 "토 ㅅ자에 ㄱ이 아냐, 트 ㅅ자에 ㄹ일세. 어디루 보나 저게 첩살림 같은가. 첩살림이면야 자개장이 번득이면 번득였지 사물상이 당한 겐가, 짐 임자들을 보지!"

이삿짐에서 여남은 간쯤 뒤떨어져서 곤색 저고리에 흰 바지를 받쳐 입은 청년이 하나 따라섰다. 아직 햇살이 따가우련만 모자도 단정히 썼다. 나이는 한 삼십사오 세쯤 되었을까…….

청년은 한 손으로 양장을 한 오륙 세 된 계집아이의 손을 잡고, 그 옆에는 청년보다는 열 살이나 차이가 있음직한 젊은 여인이 양복을 입힌 머슴애의 손을 잡고 간다. 한 네댓 살 되었음직한 토실토실하게 생긴 아이다. 과자 주머니인지 바른손에는 새빨간 주머니를 늘였다.

"아빠, 아직두 멀었우?"

말소리까지 타박타박하다.

"인제 조금만 더 가면 된다. 에이 참 우리 철이 착하다."

청년은 담배에 불을 붙여 물고 덤덤히 마차 뒤를 따라간다.

"화신 상회만큼 되우?"

어린것이 몹시 지친 모양이다.

"그래, 그만큼 가면 되어."

하고 안타까운 듯이 젊은 여인이 대신 대답을 하자니까 어린것이 고개를 반짝 들고서 항의를 한다.

"뭘 엄만 아나? 엄마두 첨이라면서."

"그래두 난 알아. 그렇지요. 아빠?"

"암, 엄만 알구말구."

청년과 여인은 어린것을 번갈아 업기도 하고 안기도 하다가 몇 걸음 걸려도 보고 몹시 거추장스러우련만 별로이 그런 티도 없다. 소에 끌려가는 이삿짐처럼 그는 묵묵히 끌려가고만 있다.

"거 어디루 가는 이삿짐요?"

동리 앞을 지날 때마다 소 보고 묻듯 한다. 마차꾼은,

"나는 소 아니요!"

하고 통명을 부리듯,

"센터 짐요!"

하고 돌아다보지도 않고 대답할 뿐이다.

"센터 누집 짐요?"

"난두 모르오!"

하고는 소 엉덩이에다 매질을 한다.

"이러 이소! 대꾸하기 귀찮다. 어서 가자."

동리를 빠져나오더니 청년도 여인네도 뒤를 한 번씩 돌아다본다. 무슨 감시의 구역에서 벗어나기나 한 때처럼 여인네는 가벼운 안도를 얼굴에 나타내기까지 한다.

"인제 내가 좀 물어봐야겠군. 아직도 멀었어요?"

"인제 얼만 안 돼, 전에 다닐 땐 얼만 안 되던 것 같았는데 왜

이리 멀까."

 혼잣말에 마차꾼이 받아 넘긴다.

"여름이라 길두 늘어나 그렇지요."

 얼만 안 가니 조그만 실개천이 흐른다. 청년 – 수택은 어려서 수수미꾸라지 잡던 기억도 새로웠고 땀도 들일 겸 길목 포플러 그늘에서 참을 들이기로 했다. 이 개천을 건너서 한 십 분이면 그의 고향인 센터에 다다르는 것을 알기 때문이기도 했다.

"영감도 쉬어 같이 갑시다. 자 담배 한 개 피슈."

"고약두 있으십니까?"

"고약이라게?"

"이런 담밸 피구 입술이 성할 수가 있을라구요."

 이렇게 재미있는 늙은인 줄 알았더라면 정거장에서부터 말벗을 해 왔더라면 오는 줄 모르게 왔을걸…… 하고 수택은 오늘 처음으로 웃었다.

 수택은 마차를 먼저 가게 하고 천천히 세수도 하고 발도 벗고 씻었다. 아내가 핸드백의 조그만 면경을 꺼내어 화장을 하는 동안에 어린 것들도 벗기고 말끔히 씻어 주었다. 물에 손을 잠그고 있으려니 어려서 물장난하던 기억이며 그동안 세파와 싸운 삼십 년간의 생활이 추억되어 덜크덕 덜크덕 멀어져 가는 이삿짐 소리도 한층 더 서글펐다.

"패배자."

그는 가만히 이렇게 자기를 불러 본다. 시냇물은 조약돌이 옹기종이 몰려 있는 수택의 발밑을 지날 때마다 뭐라고인지 종알대고 흘러간다. 이 물소리를 해독만 한다면 여러 가지 의미가 포함되었으리라. 그러나 지금의 수택으로서는 이 속삭이는 물소리보다도 지난날의 추억보다도 패배자의 짐을 싣고 가는 마차바퀴 소리만이 과장이 돼서 울리는 것이었다.

"패배자? 어째서 패배자냐? 오랫동안 동경해 오던 이상 생활의 첫 출발이지!"

누가 있어 자기를 패배자라고 부르기나 했던 것처럼 그는 분명히 이렇게 반항을 해 본다.

2

사실 이번 길은 수택의 일생에 있어서 커다란 분기점이었다. 그것이 희망의 재출발이 될지, 패배가 될지는 그가 타고난 운명(?)에 맡기려니와 현재 그의 가슴에 채워진 감회도 이 둘 중 어느 것인지 그 자신도 모르고 있는 터다. 그가 농촌 생활을 꿈꾸고 이른 봄 춘추복 안주머니에 두둑하게 넣어 두었던 사직원이 이중 봉투를 석 장이나 갈가리 피우고 여름을 났을 때는 그래도 '패배자'란 감정이 없을 때였다. 일급 팔십 원의 샐러리라면 그리 적은 봉급도 아니었다. 회사 총무부 주임 말마따나 이런 자리를 노리는 대학 출신의 이력서가 기백 장 서랍 속에서 신음을 하고 있는 터다. 사변으로 해서 갑자기 물가가 고등해진 터라, 이 정도의 수입만 가지고는 도저히 도회에서 생활을 유지하기가 어렵기는 하나 그렇다고 전혀 수입이 없는 것보다 날 것은 주먹구구까지도 필요치 않은 것이었다.

그의 계획을 듣고 친구의 대부분이 – 아니 거의 전부가 반대를 한 것도 실로 이 단순한 타산에서였다. 너 굴러든 복바가지를 차 버리고 어쩔 테냐는 듯싶은 총무부 주임의 눈치나, 철없이 날뛴다고 가련해하는 눈으로 보는 동료들의 말투가 그의 결심에 되레 기름을 쳐 준 것도 사실이기는 하나 수택의 계획은 그네들이 보듯이 그렇게 근거가 적은 것은 아니었다. 그의 계획의 무모함을 충고하는 친구와 동료들의 거의 전부가 생활난에 중심을 둔 것이다. 그러나 일찍이 수택만큼 생활고를 겪어 온 사람도 그만한 나쎄로는 드물 것이었다.

열두 살에 고향을 떠나서 중학교를 고학으로 마쳤고 열일곱에 동경으로 가서 C 대학 전문부를 마치는 동안도 식당에서 벗겨 내버린 식빵 껍질과 먹고 남아 버리는 밥덩이를 사다 먹고 살아온 그였고, 일정한 직업이 없이 오륙 년 동안 동경서 구르는 동안에도 공중 식당일망정 버젓하니 밥 한 끼 사 먹어 보지 못한 채 삼십 줄에 접어든 그였다. 조선에 나와서도 지금의 신문사 사회부 기자라는 직업을 얻기까지의 삼 년간은 십 전짜리 상밥으로 연명을 해 온 그였고, 직업이라고 얻어서 결혼을 한 후도 고기 한 칼 떳떳이 사 먹어 보지 못한 그였다. 더욱이 십 개월이란 긴 기간 동안 신문이 정간을 당코 푼전의 수입이 없었을 때도 세 끼나 밥을 못 끓이고 인왕산 중허리 같은 배를 끌어안고 숨까지 가빠하는 아내와 만 하루를 얼굴만 쳐다보고 시간을 보낸 쓰라린 경험도 갖고 있는 그였다.

이십 개월 동안에 그는 평상시 오고 가던 친구들도 수입이 끊어지는 날로 거래가 끊어지는 것도 경험했고, 쌀말이나 설렁탕 한 그릇도 월급봉투가 없이는 내주지 않는 것도 잘 안 터였다.

"인젠 넣을 것도 없지?"

하고 물을 때,

"입은 것밖에."

하고 대답하던 아내의 우울한 음성도 아직 귀에 새로웠고, 십여 장이나 되는 전당표를 삼 개 년 계획으로 찾아내던 쓰라린 경험도 아직 기억에 새로운 터였다. 바로 신문이 해간되던 바로 그 전날이었지만 막역지간이라고 사양해 오던 M이라는 친구한테 마침 그날이 월급이라서, 아니 월급날을 일부러 택한 것이었지만 삼 원 돈을 취대하러 갔다가 거절을 당코 분김에 욕을 하고 돌아온 사실을 기록해 둔 일기가 아직도 그의 책상 어느 구석에 끼어져 있을 것이었다.

이 수택이가 선선히 사직원을 내놓고 나선 것이니 놀랄 만한 사실임에 틀림은 없었다.

"그래 갑자기 회사를 그만두면?"

마지막으로 사직원을 접수한 R 씨가 이렇게 말했을 때 그는 금후의 생활 설계를 설명하는 데 조금도 불안을 느끼지 않았던 것이었다. 다행히 고향에 가면 십여 두락의 땅이 있고 생활 수준이 얕아질 것이요, 고로 수입도 다소 있을 것이고…….

마치 R 씨까지도 유인해서 끌고 나갈 듯이 호기가 있었던 것이었다.

"좀 더 신중히 하지?"

호의에서 나온 이런 말에 적의나 있는 듯이,

"그럴 필요 없지요."

하고 그 자리에서 내챘던 것이다.

사직 이유는 병이었다. 간부 측에서 '병?' 하고 반문했을 만큼 그는 그렇게 잘못된 병자는 물론 아니다. 병이라면 그것은 생리적인 병보다도 정신적인 병이 더 위기에 가까웠다. 의사들이

폐가 어떠니, 늑막이 위험하니 할 때도 한편 겁은 내면서도 또 한편으로는 속짐작이 있기는 했었다. 그와 같이 소설을 써 오던 H가 자기와 같은 자신으로 버티다가 쓰러진 그 길로 끝을 맺은 무서운 사실에 잠시 '아차' 하는 생각도 없지는 않았지마는 그러나 그렇다고 해서 직업을 버릴 만큼 심약한 그도 아니었다. 이른 봄 그가 아내도 몰래 사직원을 쓰고 도장까지 단정히 눌러 가진 것은 그의 조그만 영웅심에서였다.

수택은 동경에서부터 소설을 써 왔다. 장방형도 아니요, 삼각형도 아니요, 그렇다고 똑떨어진 원도 아니다. 세상에서는 그를 혹은 스타일리스트라고 불렀고, 한때 경향 문학이 성할 때는 혹은 반동 또 혹은 동반자라고 불렀고, 또는 허무주의자라고 야유도 했다. 그러나 기실은 그중 어느 것도 아니었다. 그 자신, 자기의 특징이 어디 있는지를 모르는 작가였다. 소설가로서 차차 알려질 임시해서 – 아니 그 덕택이었겠지마는 – 그는 취직은 했었다. 그것이 그의 작가 생활의 마지막이었다. 저널리즘이란 문학의 매개체를 통해서 그 갓난애 숨길 만한 잔명을 유지해 왔다.

첫 월급을 타던 기쁨은 '지난 ○일 밤 자정도 가까워 바야흐로 삼라만상이 잠들려 할 때 ○○동 ○○번지 근방에서 뜻 아니한 비명이 주위의 정적을 깨뜨렸다. 이제 탐문한 바에 의하면…….' 이런 식의 기사를 쓸 때마다 희미해졌고, 그것이 거듭

되기 일 년이 못 돼서 그는 자기가 문학도였다는 의식까지도 완전히 잃어버리고 말았던 것이다. 경찰서를 드나들며 강-절도, 밀매음, 사기 등속의 사건 전말을 듣는 것이 무슨 문학 수업의 좋은 찬스나 되는 것처럼 생각던 것도 일시적이었고, 악을 폭로해서 민중의 좋은 시준이 되게 한다던 의협심도 기실 자기 위안의 좋은 방패이어서 아무것도 아니라는 것을 깨달은 후부터는 그는 완전히 기계였던 것이다. 아침이면 나와서 종일 돌아다니다가 저녁-대개는 밤에 집이라고 찾아든다. 친구에 휩쓸려 술잔도 마시고 회합에서 늦어 이차회가 벌어지고 이러구러 하루가 가고 이틀이 가고 달이 바뀌고 연도가 갈리었다. 그러기를 오 년-그동안에 수택이가 얻은 것은 허영과 태만이다. 그밖에 얻은 것이 있다면 자기가 아닌 이런 사회에서의 독특한 존재인 이르는바 친구-아니 지인(知人)이다.

그리고 잃은 것은 얻은 것에 비해서 너무나 많았다. 그는 적어도 세 사람의 친구는 가졌던 사람이다. 그러나 그가 한 해, 두 해 지나는 동안에 세 친구도 없어졌고, 문학도로서 쌓았던 조그만 탑도 출판 기념회나 무슨 축하회의 발기인 란에서나 겨우 발견하는 그런 존재가 되고 말았다.

동료들이 그달, 그달 발표하는 작품을 읽을 때마다 그는 우울했다. 우두커니 맞은편 흰 회벽을 건너다본다. 성급한 전화 종

소리도 그를 깨우쳐 주지 못할 때가 한두 번이 아니었다.

"받잖을 전환 뭣 하러 맸나요?"

문득 고개를 들면 천리안(千里眼)이라고 소문난 편집장의 두 줄 시선이 쏜다.

아무것 하나 얻을 것도 없는 회합에서 늦도록 붙잡혔다가 호올로 막차에 앉은 때의 그 공허, 허무감 그것도 비길 데 없는 것이다. 어떤 때는 그 큰 전차 칸에 동그라니 혼자 앉아 갈 때가 있다. 그럴 때면 저도 모르게 눈 속이 뜨끈해지는 일도 있었고 얼근히 술이 취했다가 깰 무렵에 집에 돌아가면 문득 수보가 덮인 책상이 눈에 뜨인다. 펜까지 꽂혀 있는 잉크스탠드, 한 달 가야 한 번 건드려 주지도 않는 원고지가 마치 영원히 돌아오지 못할 주인을 기다리고 망망한 대해에 떠 있는 목선처럼 애처로워진다. 다소 술기운이 작용을 했겠지마는 그대로 책상에 엎드려 통곡을 하는 것이었다.

"아니다! 낼부터는 나도 단연 공부를 하리라!"

이렇게 일 년을 별러서 시작한 것이 〈소설 못 쓰는 소설가〉라는 단편이었다. 한 소설가가 취직을 했다. 박쥐처럼 해를 못 보는 생활이 계속된다. 무서운 정열로 창작욕을 흥분시켜 주기는 하나 그 상이 마무리지기도 전에 출근이다. 잡다한 사무에 얽매여 허덕이는 동안에 해가 지고 오뉴월 엿가래처럼 늘어진 몸을 이끌고 회합이다, 이차회다, 야근이다를 계속한다. 이런 슬픔 이야기를 쓰던 그는 자기도 모르게 내일 형사들을 녹여 내어 재료를 얻어 낼 계획이며, 안(案)의 진행 방법들을 공상하고 있는 자신을 발견한다. 그리고 운다. 그러나 이 소설도 끝끝내 소설이 못되고 말았다.

그것은 몹시 무더운 날 밤이었다. 그는 소학생처럼 벽에다 좌우명(座右銘)을 써 붙였다.

① 조기할 것 ② 퇴사 즉시로 귀가할 것 ③ 독서, 혹은 창작할 것 ④ 일찍 취침할 것

그러나 이 좌우명은 이튿날로 권위를 잃고 말았다. 이튿날은 사회부 회의가 밤 아홉 시까지나 계속되었다. 갑론을박의 삼사 시간을 겪은 그는 돌아오는 길로 쓰러져 자고 말았다. 이튿날은 신문사 주최인 축구 대회 기사로 야근을 했고, 다음 날은 부득이한 회합이 있어 역시 거기서 다시 이차, 삼차를 거듭해서 집에 돌아온 것은 새벽 세 시였다.

'도대체 나는 뭣 때문에 사는 겔까. 누구를 위해서 사는 겔까. 문화 사업? 흥!'

이러한 반문을 해 본다는 것은 벌써 한 전설이 되어 있었다.

이러한 수택은 또 한 가지 위대한 발견을 했다. 그것은 적어도 자기는 신문 기자가 아니라는 것이다. 과거나 현재가 아닐

뿐만 아니라, 영원히 신문 기자로서 성공하기 어렵다는 사실을 발견했던 것이다. 아니 신문 기자로서 성공하기 어렵다는 사실을 발견했던 것이다. 아니 신문 기자로서의 성공이 곧 문학적으로 그를 파멸시키는 것이라는 것을 그제야 발견했던 것이다. 그것은 희극 – 아니 비극이었다.

3

수택이가 하루 이틀 쉬기 시작한 것도 이때부터다. 그는 하는 일 없이 교외를 빈들빈들 돌아다니었다. 하루는 S라는 동료를 유인해 가지고 청량리로 나갔다. 전부는 아니나 그만둘 계획만을 이야기하고 생계로 이야기가 옮아갔을 때다. 그도 처음에는 그것이 무슨 냄샌지 몰랐었다. 매캐한 냄새가 코를 콕 찌른다. 그 냄새는 코를 통해서 심장으로 깊이깊이 기어 들어가는 것 같았다. 흙내였다.

그것이 흙내라는 것을 인식한 순간, 일찍이 그가 어렸을 때 듣던 아버지의 음성이 바로 귓전에서 울리는 것을 느끼었다. 사람은 흙내를 맡아야 산다. 너도 공불하고 나선 아비와 같이 와서 농사를 짓자. 학문? 학문도 좋긴 하다. 허지만 학문이 짐이 될 때도 있으리라. 그때 그는 아버지를 비웃었다. 흙에서 헤어나지를 못하면서도 흙에 대한 미련을 버리지 못하는 아버지가 가엾기까지 했었다. 그러나 조소하던 그 말이 지금 그의 마음을 꾹 하니 사로잡는 것이다.

'집으로 가자. 흙을 만지자.'

수택의 로맨틱한 계획은 이리하여 세워진 것이다. 그의 첫 계획은 그동안 장만했던 가구를 전부 팔아 버리려 한 것이 아내가 너무 섭섭해하기도 했지마는 그들이 상상한 것의 절반도 못 되었다.

이백 원도 못 되는 퇴직금이 그들의 유일한 재산이었다.

소의 꼴지게와 함께 수택의 일행이 싸리삽짝 문에 들어서자 누렁이란 놈이 컹 하고 물어 박는다. 빈집처럼 찬바람이 휘돈다. 남의 집으로 잘못 들어온 모양이다. 수택은 부리나케 나와 문패를 보나 분명히 자기 집이다.

"짐이 들어왔으니까 마중들을 나가신 모양이군요."

아내가 들어가도 나오도 못하고 있는데,

"오빠!"

소리가 나며 와아들 몰려든다. 육칠 년 못 본 늙은 아버지도 설명을 듣지 않고는 모를 아이들 속에 끼었었다. 뒤미처 찢어진 고무신짝을 집어든 고모도 왔고, 폭 늙은 어머니도 뒤따라왔다.

"그래, 이 몹쓸 것아 그렇게두…….'

하고 막 어머니의 원망이 나오자 그는 사랑으로 나갔다. 이간장방은 새에 장지를 질러 윗방은 남에게 세를 주었는지 주판 소리가 댈그락거린다.

"저 밖엣게 너들 짐이냐?"

"네."

"그래? 헌데 갑자기 이게 웬일이냐."

"차차 말씀드리겠습니다."

수택은 안으로 들어왔다.

안채 위쪽으로 달린 골방이 치워졌다. 바람이 잔뜩 든 벽하며, 벽흙을 안고 자빠진 종잇장이며 비워 두었던 탓인지 곰팡내가 펄썩 한다. 색지를 붙인 궤짝이며 주둥이도 없는 단지, 도깨비라도 나와 멱살을 잡을 듯싶은 방이다. 횃대에 걸린 헌옷은 흡사 죽은 사람같이 늘어졌다.

수택의 그 아름다운 농촌 생활의 첫 꿈이 깨어진 것은 이 방에서였다. 그의 공상에서는 방부터가 이렇게 허무하지는 않았었다.

그날 밤 아버지와 아들은 오래간만에 자리를 마주했다. 윗방에서 주판알을 튀기던 장사치도 갔고 단둘이 호젓이 앉았다. 고향으로 내려오기로 하기는 하면서도 기실 수택은 집안에 대한 지식이 전혀 없다. 자기가 집을 나갈 때는 논이 한 이십여 두락에 밭이 여남은 갈이나 있었다. 그 후 동경에서 나와서 들렀을 때는 논 닷 마지기가 줄었고 밭이 하루갈이 남의 손에 넘어갔었다. 그러기 칠 년, 그동안 거의 딴 남처럼 서신 하나 없이 지내온 아버지와 아들이었다. 물론 이렇다는 원인이 있은 것도 아니다. 의식적으로 그런 것도 물론 아니다. 다만 이 문화인인 아들은 원시인 그대로인 아버지를 경멸했고, 아버지는 또 아버지대로 너무나 문화한 아들을 경이원지했을 뿐이다.

"흙냄새를 싫어하는 것이 사람이냐. 그깟 놈 눈만 다락같이 높았지."

그는 이렇게 자기 아들을 조소했다.

아들은 무엇보다도 아버지 – 흙투성이가 되어 사는 꼴이 싫다. 흙에서 나서 흙을 만지며 컸고, 흙을 먹고 사는 아버지 – 옷에까지 흙투성이가 되어 사는, 흙인지 사람인지 모를 한낱 평범한 농부에게 털끝만 한 존경도 갖지 못했다. 당당한 문화인인 아들은 흙투성이인 김 영감을 내 아버지노라고 내세우기조차 꺼려했다. 이러한 아버지를 가졌다는 것은 자기의 큰 치욕이라고까지 생각해 온 터다. 결혼을 하면서도 자기 아버지를 청하지 않은 것도 그 자신의 친구나 동료들한테 달리 변명을 했겠지마는 기실 자기 아버지의 그 흙투성이 꼴을 뵈고 싶지 않다는 허영에서였다. 김 영감만 해도 이런 눈치를 못 챌 리는 없었다. 집안에서고 동리에서 왜 며느리 보는 데 안 가느냐고 해도,

"아, 그 잘난 놈 잔치에 못난 애비가 가? 댕꼴 곽주식이 아들 놈처럼 저 애빌 보구 누구냐니까 '우리 집 머슴.' 하고 대답하더라는데 그런 놈들이 애빌 보구 행랑아범이라고 하지 말란 법이 있다든가?"

이렇게 격분을 했었다. 또 사실 그때의 수택으로서는 응당 그렇게 대답했을 것이었다. 그러기가 싫으니까 차라리 못 오게 한 것이었다. 이런 아들이 지금 도시에는 얼마나 많을 건가…….

"사람이란 흙내를 맡아야 하느니라. 대처(도회) 사람들이 암만 고량진미로 음식을 만든대도 시골 음식처럼 구수한 맛이 없느니라. 마찬가지야. 사람이란 흙내도 맡고 된장 맛도 나고 해야 구수한 맛이 나는 게지. 음식이나 사람이나 대처 사람이 밝구 정오(경우)야 밝지! 허지만 사람이란 정오만 가지고 산다더냐! 일테면 말이다, 내가 네 발등을 잘못해서 밟았다고 치자. 그러면 넌 발끈할 게다. 허지만 우리 시골 사람들은 잘못해서 밟았나 보다 하군 그만이거든. 정오로 친다면야 남의 발을 밟은 사람이지. 그래 이 많은 인총에 정오만 가지고 살려 들어?"

수택이가 중학교를 다닐 때 고향에 돌아온 것을 붙잡고 김 영감은 이렇게 자기의 지론을 폈던 것이다. 그때만 해도 도회 물

을 먹은 아들은 물론 코웃음을 쳤었다.

 몇 핸가 후다. 음력 과세를 한다고 고향에 내려온 일이 있었다. 이십 년래의 혹한이니, 삼십 년래의 추위니 날마다 신문이 떠들어 댈 때였다. 그는 겉으로는 하도 오래간만이니 집에 와서 과세를 한다고 꾸몄지만 기실은 금방 읍에까지 출장이 있어서 온 김에 들른 것이었다.

 그날 밤 수택의 집에는 도적이 들었다. 벽에서 나는 황토 냄새와 그야말로 된장 내처럼 퀴퀴한 냄새로 잠을 못 이루고 있을 때 울 안에서 발소리가 난다. 조금 있더니 누군지 밖에서,

 "아무것도 없으니 나오! 나오."

하는 애원 소리가 들린다. 아버지의 음성이었다.

 수택은 문구명으로 가만히 내다봤다. 도적이 분명하다. 밖에서는 나오라고 하나 나갈 길을 막아선지라 어쩔 줄을 모르는 모양이었다. 황당해한 도적은 급기야 애원을 하기 시작했다.

 "나갈 길을 좀 틔워 주서유!"

 이때 그는 벌써 부엌을 돌아서 울안에 와 있었다. 손에 흉기 하나 들지 않은 좀도적임을 발견한 그는 '억' 소리와 함께 덮치어 잡아낚았다. 그는 학생 시절에 배운 유도로 도적을 메어다 치고는 제 허리끈으로 두 팔을 꽁꽁 묶었다.

 온 집안이 다 깨고 뒤미처 김 영감도 달려들었다. 영감의 손

에는 지게 작대기가 쥐어 있었다. 도적놈도 그랬고 온 집안 사람들도 다 그렇게 생각했다. 몽둥이에 맞을 사람은 그 도적이라고…….

그러나 아니었다. 지게 작대기에 아래 종아리를 얻어맞은 것은 아들이었다. 수택 자신도 그랬고, 도적도 그랬을 게고 집안 사람들도 그렇게 생각했었다. 이것이 영감이 흥분한 나머지 잘못 때린 것이라고―그렇게 생각했기 때문에 수택은 얼른 피했었다. 피하고는 안심을 했던 것이다.

그러나 아니었다. 김 노인의 작대기는 재차 아들에게로 향하고 겨누어졌다.

"이 몰인정한 녀석, 내 물건 도적 안 맞았으면 그만이지 사람은 왜 친단 말이냐! 응, 이 치운 겨울에 도적질하는 사람은 여북해 하는 줄 아냐? 우리네 시골 사람은 그런 법이 없다."

도적은 울고 있었다. 도적의 등에는 쌀 반 말이 짊어 지워졌다. 이튿날 수택은 지루할 만큼 길고 긴 설교를 듣지 않으면 안 되었다.

"사람이란 법만 가지구 사는 게 아니니라. 법만 가지고 산다면야 오늘날처럼 법이 밝은 세상이 또 어디 있겠니. 법으루만 살다면야 법에 안 걸릴 놈이 또 어딨단 말이냐. 넌 법에 안 걸리는 일만 하고 사는 성싶지? 그런 게 아니니라. 올 갈에두 면소

뒤 과수원에서 사괄 하나 따 먹다가 징역을 갔느니라. 남의 것을 따는 건 나쁘지. 나쁘기야 하지만 그게 징역할 쥔 아니지. 어젯밤 일을 본다면 너두 네 과밭의 실괄 따면 징역 보낼 사람이 아니냐. 너 어제 그게 누군 줄 아냐? 모르는 체하긴 했다만 내 저 아버질 잘 안다. 알구 보면 다 알 만한 사람야. 시골서야 서로 모르는 사람이 어딨겠나. 모두 한 집안 식구거든……. 사람 사는 이치가 다 그런 게란 말야!"

이러한 일이란 적어도 도회인의 감정으로는 이해하기 어려운 일이었다.

그러나 수택은 오늘 아버지와 마주 앉아 이야기하는 동안에 막연하나마 이 이르는 바 '흙냄새의 감정'이 이해되어지는 것 같이 느껴지는 것이었다.

김 영감은 아들의 이 뜻하지 않은 계획을 듣고는 뛸 듯이 기뻐했다. 아들은 논 닷 마지기에 밭 하루갈이만을 요구했음에도 불구하고 물자리 좋은 논으로만 여덟 마지기를 내주었고 집도 한 채 세워 주기로 했다. 물론 소작권을 이동받은 것에 불과했었다. 그의 집안에는 논 닷 마지기와 밭 두어 뙈기가 남아 있을 뿐이란 것도 그제야 알았다.

"피란 무서운 것인가 보구나. 난 네가 아비 옆으로 와서 이렇게 살게 되리라고는 꿈에도 생각을 못했더니라! 첨엔 담담하겠지마는 차차 농사에도 자밀 붙이구. 허지만 네 처가 이런 구석에서 살려구 허겠느냐?"

"웬걸요, 저보다두 처가 서둘러서 한 노릇이니까 별말 없을 겝니다."

"그래, 그럼 됐구나 뭐. 인저 난두 남들한테 떳떳스럽구."

버젓이 아들을 둘씩이나 두고도 자식을 거느리고 있지 못한 것이 동리 사람들 보기에 미안타는 것이었다.

하여튼 이리해서 수택의 농촌 생활은 시작이 된 것이다.

4

집은 조그만 동산 밑 이 동리 면장이 첩집으로 지었던 것을 일백삼십 원에 사기로 했다. 퇴직금이었다. 그 앞으로 수택네 집 소유인 천여 평의 밭도 있어 거기에 심었던 무와 배추도 그대로 수택의 소유로 이전이 되었다.

첩의 집이었던 만큼 회칠도 했고 조그만 반침도 붙어 있었다. 그러나 아무래도 시골집이다. 수택이네 큰 이불장만은 역시 들어가지를 않아서 봉당에다 받침을 하고 놓기로 했다. 그들 부처는 거기에다 마루라도 들였으면 했으나,

"애들아, 쓸데없는 소리 말아라. 이 물가 비싼 세상에 마룬 들여서 뭣 한다든. 마루가 없어 밥을 못 먹진 않는다."
하는 바람에 아내는 실쭉해하면서도 대꾸만은 없었다. 김 영감은 아들 내외가 대처 사람인 체하는 것이 마땅치 않았다. 양복대기를 꿰고 나오는 것도 눈엣가시처럼 대했고 며느리의 트레머리도 못마땅해한다. 그래서 그 처는 쪽을 졌고 수택은 고의적삼을 장만했다.

"시골 시골 해도 난 이런 시골은 못 봤어요. 산이 하나 변변한가, 물 한줄기가 시원한가. 이런 곳에 와 살 바에야 만주 벌판에 가서 황무지를 일구어 먹지."

사실 수택이도 이 아내 말에는 동감이었다. 전에도 무심히 보아 그랬던지 자연도 다른 곳에 떨어지지 않는다고 생각했었으나 멀쑥한 포플러와 아카시아 숲이 실개천 가에 하나 있을 뿐, 이렇다는 특징도 없는 산천이다. 장성해서는 가 본 일도 없었지만 어렸을 때의 기억대로라면 그 아카시아 숲에는 상당히 깊은 물도 있고 큰 고기도 은비늘을 버늑이었고, 숲에서는 매미며 꾀꼬리도 울었던 것같이 기억이 되었으나 다시 가 보니 조그만 웅덩이에는 오금에 차는 물이 괴었고, 가문 탓도 있겠지마는 송사리 떼가 발소리에 놀라서 쩔쩔맬 뿐이다. 숲 속의 원두막 정취도 그지없이 시적인 듯이 기억이 되었으나 막상 가 보니 그도 평범하기 짝이 없다. 숲 속은 그나마도 습했다. 월여를 두고 가물었다건만 밭을 드놀 때마다 지적지적한다. 꾀꼬리가 울었다고 기억한 것도 그의 착각이었다. 이런 숲에 들어오면 꾀꼬리도 목이 쉬리라 싶었다. 이런 데서도 우는 꾀꼬리가 있다면 필시 청상과부가 된 꾀꼬리라 하였다.

"이렇게 보잘것없는 자연이었던가?"

속기나 한 것처럼 허무해서 우두커니 섰으려니까 김 영감이 꼴지게를 지고 나온다.

"엣다, 이건 네 거다. 이런데 와 살자면 모두 배워야지!"

수솔 물이 뿌옇게 그대로 말라붙은 낫이다. 수택은 아무 말 없이 받아들고 따라가다가 풍경 말을 했다.

"뭐? 경치? 얘 넌 경치만 먹구 살 작정이야? 여기 경치가 어때? 산이 없냐 물이 없냐. 숲이 있겠다, 십 리만 나가면 수리조합 보가 있겠다……."

"볼 게 뭐 있어요?"

그것이 자기 아버지의 탓이기나 한 것처럼 퉁명스럽게 사방을 훑어보려니까,

"그래, 여기 경치가 서울만 못하단 말이냐."

하기가 무섭게 지게를 벗겨 내던지고는 상스러울 만큼 수택의 목덜미를 잡아 가랑이 속에다 집어넣는다.

"자 봐라! 먼 산이 보이고 저 숲이며 저 물이며 이만하면 되잖았느냐."

수택은 너무 흥분이 돼서 서두는 통에 어리둥절하고만 있었다. 엄한 독선생을 만난 때처럼 부자유했다.

"그래, 보렴. 세상이란 모두 거꾸로 봐야 하는 게다. 경치 경치 하지만 제대루 볼 땐 보잘것없던 것이 가랭이 밑으로 보니까 희한하잖으냐. 사람 산다는 것두 그러니라. 너들 눈엔 여기 사람들 사는 게 우습지? 허지만 여기 사람들은 상팔자야. 더 촌에 들어가 보면 조밥이구 꽁보리밥이구 간에 하루 한 낄 제대루 못 얻어먹는다. 그런 걸 내려다보면 되나. 거꾸로 봐야지! 너들 눈엔 우리가 이러구 사는 게 개돼지같이 뵈겠지만서두 알구 보면 신선야, 신선. 너들 월급쟁이에다 대? 그 연기만 자옥한 들판에서 사는 서울 사람들에다 대 보렴. 네, 여기 사람들이 어떻든? 너들처럼 얼굴이 새하얗진 않지? 그게 신선이 아니구 뭐냐?"

이 급조(急造)된 '젊은 신선'은 그날 해가 지도록 끌려 다니며 왁새에 서뻑서뻑 손을 베며 풀을 베었다. 하면 되리라고 생각한 낫질이 그 좁은 원고지 간에 글자를 써 넣기보다 이렇게 어려우리라고 생각지 못했던 것이었다.

아침에는 새벽같이 끌리어 일어났다. 먼동이 트기가 무섭게 '어험' 소리가 문턱에 난다. 나가 보면 김 영감의 삼태기에는 벌써 쇠똥이 그득하게 담겨져 있었다.

"네 봐라. 이놈이 줄 땐 허리가 아파도 논에다 두면 벼가 그저 시커매지는구나. 그까짓 암모니아에다 대? 그걸 한 가마에 오 원씩 주고 사다 넣느니 이놈을 며칠 주었으면 돈 벌구 거름 생기구……. 자 어서 차빌 차려라. 네 댁두 깨우구. 해가 똥구멍까지 치밀었는데 몸이 근지로워 어떻게 질펀히 눴단 말이냐."

수택이 부처는 처음에는 허영이었다. 대학을 마치고 세숫물까지 떠다 바치라던 수택이와 처가 매일처럼 그 드센 일을 한다 해서 동리에서 한 화젯거리가 될 것을 상상만 해도 유쾌한 일이었다. 그러고 사실 수택이가 헌 양복 조각을 입고 밭을 맨다거나 삽을 집고 물꼬를 보러 간다거나 비틀비틀 꼴지게를 지고 개천을 건너올 때마다 동리 사람들은 경이의 눈으로 그를 맞았던 것이었다. 그의 아내가 물동이를 이고 비탈을 내려가다가 발목을 삐끗해서 동이를 깨 먹었을 때도 그들은 웃는 대신 동정의 눈으로 보아 주었고, 호미를 들고 남편 뒤를 따라나서는 것을 보고는 이웃집 달순이며 앞집 봉년이를 큰일이나 난 듯이 불러다 구경을 시키고 했던 것이다. 그들은 동리 사람들의 이런 경이의 시선을 등 뒤에 느끼며 일을 했다. 이런 것이 그들에게 있어서는 심지어 위안이기도 했다. 지금의 그들에게는 잘하는 것이 자랑도 되었지마는 못하는 것도 부끄럼이 되지 않는 유리한

조건이 있었던 것이다.

"애, 어멈아, 너 그렇게 호밀 깊이 묻으면 배추 뿌리에 바람이 들잖겠냐. 요걸 요렇게 다루어 가지고 살짝 흙을 일으키고 이쪽 손으로 풀을 집어내야지, 허 그래두 그러는구나. 옳지, 옳지."

이렇게 새 며느리(실상은 헌 며느리지만)한테 잔소리를 하는가 하면, 어느새 수택의 등 뒤에 와서 서 있는 것이다.

"에이끼 미련한 것! 배추밭 매는 걸 밥 먹듯 하는구나. 밥 한 술 떠 넣구 반찬 한 가지 집어 먹구 – 그 식이 아니냐. 아 이 쪽으룬 흙을 이렇게 일으키면서 왼손으룬 풀을 집어내야지, 그걸 어떻게 따루따루……."

"아직 손에 안 익어 그렇습니다, 아버지."

수택은 이렇게 변명을 하는 도리밖에 없었다.

밤에는 거적 한 닢이 등에 지워진다. 밤새 물꼬를 지키라는 것이었다.

"네게 준 건 난 모른다. 농사 다 지어 논 게니까 걸음새까지 네 손으로 해서 꼭꼭 챙겨 놔야 삼동을 나지."

동구를 벗어 나오니 약간 일그러진 달이 아카시아 숲에 걸렸다. 말복도 지난 지 오랬건만 아직도 바람은 무더웠다. 첫 번에는 여기저기 동리 부인네들이 보리밥 먹기에 흘린 땀을 들이고 아이들은 조약돌들을 또닥또닥 뚜드린다. 실개천 물소리도 제법 여물다. 풀 속에서 반딧불이 반짝이고 개구리 소리가 으슥히 어울리는 것 역시 아직도 여름밤이다.

수택은 빨래 자리로 놓은 돌 위에 쪼그리고 앉아서 양치를 쳤다. 아침저녁으로 반죽한 치분으로만 닦아 온 이가 물로만 웅얼웅얼해 뱉어도 입안이 환한 것이 이상한 정도다. 그는 삽을 질질 끌고 징검다리를 건너 논길로 들어섰다. 광대 줄 타듯 하던 논두덩도 어느새 평지처럼 평탄해진 것 같고, 아래 종아리에 채이는 이슬이 생기 있는 감촉을 준다. 아스팔트를 거닐다가 상점에서 뿌린 물이 한 방울만 튀어도 시비를 걸던 일이 마치 옛날 꿈같았다. 이만하면 나도 농촌 제1과는 마친 셈인가?

구수한 풀 향기가 코를 통해서 가슴속까지 스며드는 것을 그것이라고 느끼며 수택은 이렇게 혼자 중얼거려 본다. 밤이슬에 눅눅하니 젖은 샤쓰에서도 차츰차츰 불쾌한 감촉이 없어져 간다. 쫄쫄한 윗논배미서 아랫논으로 떨어지는 물꼬 서리에 금시 벼폭이 부쩍부쩍 살이 찌는 것같이 느끼어지는 것은 벌써 그의 문학적인 감각 때문만이 아닌 것 같았다.

여남은 다랑이 건너 도둑한 밭모퉁이에서 누군지 단소를 처량스러이 불고 있다. 역시 물꼬 보는 사람이리라. 그 맞은편 아카시아가 몇 주 선 둔적 원두막에서는 젊은이들의 노랫소리가 흘러나온다. 술집 여인들이 놀러 나왔는지 여자들의 웃음소리가 가끔 섞여 나온다.

　수택은 물꼬를 삥 한 번 둘러보고 원두막으로 어슬렁어슬렁 올라갔다. 발소리에 노랫소리가 딱 그치며 누군지 소리를 딱 지른다.

"누구요!"

"나요!"

"어, 서울 서방님이시오? 그래 요샌 꼴지게가 등에 제법 착 붙든가?"

　꺼르르 웃음이 터진다. 시골 살면 그야말로 말소리에도 흙내와 된장 내가 나는 겐가……. 수택은 원두막 사닥다리를 한 층 한 층 올라가며 이렇게 생각해 보는 것이었다.

　'내게선 언제부터나 흙냄새가 나려는가…….'

5

　분명한 울음소리다. 그도 여자의 - 아니 듣고 있을수록에 그 울음소리에는 귀가 익다. 누굴까……? 이런 생각하는 동안에 눈이 아주 띄었다. 어느 땐지 멀리 물방아 돌아가는 소리가 어렴풋이 들릴 뿐, 어린것들의 숨소리조차 고요하다.

옆을 더듬어 보니 어린것들만이 만져지고 응당 그 옆에 누웠어야 할 아내가 없다. 수택은 그대로 죽은 듯이 누워 눈에 정기를 모았다.

또 울음소리다. 그것은 마치 앵금줄을 긋는 듯싶은 애절한 울음소리다. 아내였다.

"여보!"

"……."

"여보!"

대답 대신에 울음소리가 한층 높아진다. 그도 일어나서 아내의 옆으로 갔다.

"왜 그러오?"

"말을 해야 알지. 뉘가 뭐라 그럽디까?"

"아뇨."

"그럼 어디가 아프오?"

또 말이 없다.

"말을 해야 알잖소. 왜 그러오?"

"설사가 나요!"

아내는 이 한마디를 하고는 그대로 흑흑 느낀다. 그는 어이가 없어 웃음이 탁 터졌다.

"나이 삼십이 가까운 여자가 설사 난다구 자다 말구 일어나 앉아 운다? 호호호호."

"설사가 자꾸자꾸 나니까 그렇지요."

울음 반 말 반이다. 그는 또 한 번 커다랗게 웃었다.

"여보. 그래 설사가 나면은 약을 사다 먹든지 밥을 한 끼 굶고서……."

하는데 아내는,

"그만둬요. 당신처럼 무심한 이가 어딨어요! 어른이고 아이들이고 오던 날부터 설살하고 눈이 퀭하니 들어가도 일언반사가 없으니."

"그러기에 약을 사다가 먹으라고 했지. 내야 집에 붙어 있어야 알지."

아내는 또 모를 소리를 한다.

"이렇게 나는 설사에는 약이 무슨 소용야요. 밥을 갈아 먹어야지!"

그제야 수택은 설사 나는 원인을 눈치챘던 것이었다. 그렇게 말을 듣고 생각하니 자기도 오던 이튿날부터 설사가 났다. 갑자기 물을 갈아 먹은 관계려니 했으나 며칠을 두고 설사가 계속되었다. 기실은 아직까지도 소화가 그렇게 좋지는 못한 폭이었다.

"보리 끝이 자꾸 뱃속에 들어가서 장을 찌르나 봐요. 필련이두 자꾸 배가 아프다고 저녁마다 한바탕씩 울고서야 잔대요."

"홍, 창자두 흙내를 맡을 줄 알아야 할까 보구나……."

그는 아무 말도 못 했다. 아직 살림 면모가 갖추어지지도 못했고, 여름에 딴 불을 때느니 밥만은 집에서 함께 먹기로 했던 것이다. 그러자니 시골의 이 철은 꽁보리밥으로 신곡장을 대는 동안이다. 쌀밥만 먹던 창자에 갑자기 깔깔한 보리쌀만이 들어가니까 문화 생활만 해 오던 소화기가 태업을 시작한 것이었다.

"그럼 쌀을 좀 두어 달라지. 기실 나두 늘 배가 쌀쌀 아팠는데 그걸 난 몰랐구려."

"야단나게요! 아버님이 이번에 또 창자를 거꾸로 달구 먹으라고 걱정하잖으시겠어요."

가랑이 속으로 경치를 본 이야기를 아내는 생각해 낸 모양이었다.

"그만 자우. 내 낼 아버지께 말씀해서 당분간은 쌀을 좀 섞어 먹도록 할 게니까."

그는 어린애를 달래듯 아내를 재웠다. 추수만 끝나면 남편이 자유로운 시간을 가질 수 있다는 데 유일한 희망을 붙이고 있는 줄을 알고 근 이십 일이나 설사를 하면서도 군말 한마디 안 했다는 데 표시는 안 했지만 여간 감격한 것이 아니었다. 부디 그런 마음을 버리지 말라 했다.

이튿날부터는 쌀이 반은 섞이어졌다. 아버지의 성미를 잘 아는지라, 수택은 용기를 못 내고 필녀이란 년을 시켜 할아버지를 조르게 했던 것이다.

'할 수 없구나. 그것들이 창자까지 사람 창잘 못 가졌으니 딱한 노릇이다. 그러시겠지.'

딸년은 할아버지의 흉내를 내며 재미나게 웃었다.

그러나 쌀의 분량은 점점 줄어 갔다. 그 대신 보리가 늘었고 조가 뛰어들었다. 감자니 기장 같은 잡곡도 간혹 섞였다. 하루바삐 신곡이 나기를 기다리는 것이 – 지금의 수택 부처와 어른들에게 있어서는 유일한 낙이었다.

이때부터 수택의 창작욕도 척척 늘어 갔다. 오래전부터 그의 머릿속에서 매대기를 치던 어떤 역사 소설의 상이 거의가 다듬어질 무렵에는 수택이가 물꼬를 메고 이듬매기를 해 준 벼도 누렇게 익어 갔다. 집 앞 텃밭의 배추도 제법 자리를 잡고 토실토실 살쪄 갔다. 사람이란 이렇게 욕심이 많은 건가 싶었다. 손이라야 몇 번 댄 곡식도 아니건만 야무지게 여문 벼 알이며 배추 한 폭에까지는 맛보지 못한 그윽한 애정을 느끼는 것이었다. 그것은 그가 일찍이 깨알처럼 씌어진 원고지의 글자를 보는 때의 그 애정, 그 감격과도 같은 것이었다. 일 년 내 피와 땀을 흘려야 벼 한 톨 얻어먹지 못하고 빈손만 털고 일어나는 소작인들의 그 애절해하던 심정도 지금서야 이해되는 것 같았고 매년 그러리라는 것을 빠안히 내다보면서도 그 농사를 단념하지 못하는 그네들의 심정도 이해되는 것 같았다. 타작마당에서 벼 한 톨이라도 더 차지할 것을 전제로 한 애정임에는 틀림이 없겠지마는 단지 그러한 이욕만으로 그처럼이나 벼 한 폭, 배추 한 잎을 사랑할 수가 있을까. 그것은 마치 종이 값도 못 되는 원고료를 전제한 작품이기는 하지마는 쓰는 동안에는 그러한 관념이 전혀 없이 그저 맹목적인 정열을 글자 한 자에마다 느끼는 것과 무엇이 다르랴 했다. 애정이란 이해 관계를 초월하는 것을 수택은 또 한 번 생각한다. 이 애정 – 그것으로 인류는 살아가는 것이요, 이 애정으로 도덕을 삼는 데서만 인류는 행복될 것이다 싶었다. 아버지의 늘 말하던 소위 '흙냄새'와 '된장 내'란 결국 이런 애정을 의미한 것이 아닐까. 그렇게도 생각해 본다. '대처 사람'들에게서는 흙냄새가 안 난다는 그 말은 곧 이 이해를 초월한 애정이 없다는 말이 아닐까. 언젠가 집안에 도적이 들었을 때 도적을 잡았다고 자기 아버지는 그를 때렸다. 도적질은 분명히 악이다. 악을 제지하고 악을 미워하는 것은 선이다. 이것은 사람이 가진, 그리고 가져야 할 위대한 정신인 동시에 본능이다. 이 선, 이 본능에 대해서 그의 아버지는 지게 작대기로서 예물했다. 그러면 그의 아버지는 도적질을 악으로서 인정치 않는 것일까 하면 그렇지는 않다. 흙 속에서 나서 흙과 같이 자라고 흙과 더불어 살아온 그에게는 포근포근한 흙의 감정과 김가고 이가고 정가고 간에 씨만 뿌려 주면 길러 주는 그러한 흙의 애정 속에서만 살아온 그는 없어서 나의 것을 훔치는 도둑놈보다도 흙의 냄새를 맡을 줄 모르고 흙의 애정을 유린한 철두철미 대처 사람인 아들에게 보다 더 증오를 느꼈기 때문이었으리라.

수택은 무서운 정열로 자기의 농작물을 사랑했다. 그것은 자기의 작품을 사랑하던 그 정열이었다. 문득 꺼추해진 벼폭을 발견하고는 인쇄된 자기 작품에서 전부 뒤바뀐 구절을 발견한 때와 똑같이 놀랐다. 그것은 그지없이 불쾌한 순간이었다. 수택은 그대로 논으로 뛰어들었다. 아래 동아리부터 벼폭이 노랗게 말라든다. 이삭은 알맹이 한 개 안든 빈 쭉정이였다. 격한 나머지 그는 벼폭을 잡고 낚았다. 각충이란 놈이 밑 대궁에 진을 치고 보기 좋게 까먹은 것이었다.

그는 삼십여 년의 반생 동안 이처럼 격한 일이 없었다. 이만큼 어떤 물건이나 생물에 대해서 증오를 느껴 본 일이 없다고 생각했다. 그리고 또 자기 혈관 속에 이토록이나 잔인한 피가 흐르고 있었다는 것도 오늘서야 처음 발견했던 것이었다. 그는 벼폭을 발기고 일일이 각충을 잡아냈다. 그래서는 돌 위에다 놓고 짓찧고 있는 자신을 발견하는 것이었다. 그는 일생 처음으로 미움다운 미움을 경험했다고 생각하였다.

수택은 처음 고향에 돌아와서 동리 사람들의 시선에서 차디찬 것을 느끼었었다. 말만 고향이지 눈에 익은 얼굴도 거의 없었다. 파도에 밀린 뱃조각처럼 이리 밀리고 저리 쫓기어 태반은 타곳에서 들어온 사람들이다. 그때 그 차디찬 시선에 그는 일종의 반감까지 일으킨 일이 있었으나 지금 가만히 생각하니 그래도 자기 아버지가 아들에게 품고 있던 그 증오보다는 오히려 나은 것이었다 싶었다.

'그렇다 하루바삐 나도 대처 사람이 탈을 벗고 흙과 친하자. 그래서 흙의 냄새를 맡을 줄 아는 사람이 되자.'

이렇게 자기 자신에게 타이를 때 누군지 귀에다 대고 소리를 꽥 지른다.

'그것은 퇴화다!'

그것은 대처 사람인 또한 다른 수택이었다. 물방울 한 개만 튀어도 시비를 가리고, 파리 한 마리에 상을 찡그리고 데파트에서 한 시간씩이나 넥타이를 고르던 도회인의 반역이었다.

'퇴화? 퇴화 좋다!'

'아니 패배이다! 패배자의 역변이다. 도시 생활 – 문명 사회에서 생활 경쟁에 진 패배자의 자위 수단이다. 그것은……'

'아무것이든 좋다!'

그는 이렇게 발악을 했다.

이러한 마음의 투쟁은 날을 거듭할수록 격렬해 갔다. 수택이가 자기의 피에는 흙의 전통이 흐르고 있다고 생각한 것은 한 착각이었다. 누르면 누를수록에 문화에 주린 도회인의 반항은 억세 갔다. 포근포근한 흙을 밟는 평범한 감촉보다도 살갗을 통해서 오는 포도(鋪道)의 감촉이 얼마나 현대적인가 했다. 그것은 마치 필 대로 핀 낡은 지폐를 만질 때와 빠작 소리가 그대로 나는 손이 베어질 것 같은 새 지폐를 만질 때의 감촉과의 차이와도 같았다. 사람에게서나 자연에서나 입체적인 선(線)의 미가 그리웠다.

'아니다. 참자. 흙과 친하자!'

수택은 벌떡 일어났다. 참새 떼가 와와 하고 풍긴다. 이 젊은 도회인이 도회의 환상에 사로잡힌 동안 참새 떼들은 양양해서 벼틀을 까먹고 있었던 것이다.

"우여 우이!"

건너 다랑이로 옮겨 앉는 참새를 쫓아가서 논둑을 달리었다. 참새 떼는 적어도 수백 마리는 되는 것 같았다. 한 마리가 한 알씩만 까먹었대도 수백 틀을 까먹었을 것이다. 그는 달리다 말고 벼 이삭에 눈을 주었다. 누렇게 익은 벼폭들이 생기가 없다. 그때 울컥하고 가슴에 치미는 것이 있다. 증오였다. 도시 생활에서 세련이 된 현대인의 증오였다. 이 갖은 정성과 피와 땀으로 가꾼 곡식을 장난하듯 까먹고 다니는 참새에 대한 증오가 현기증이 날 정도로 머리에 찬다.

"우여 우이!"

 꼼짝도 않고 참새 떼는 못 견디어하는 이삭에 그대로 조롱조롱 매달렸다. 그는 무서운 정열로 기관총을 사모했다. 전쟁 영화에서 보듯이 뻥 한 번 둘렀으면 톡톡 소리와 함께 소나기처럼 떨어질 참새 떼를 상상하는 것만으로 도회인의 감각은 기분간의 위안을 받는 것이었다. 도둑놈을 때릴 때 아버지가 자기에게 느끼던 증오도 이런 것이었을까……?

6

 한결 볕이 엷어졌다. 벌레 소리도 훨씬 애조를 띠고, 달빛도 감상(感傷)을 띠었다. 이 집 저 집에서 마당질 소리가 나고 밤이면 다듬이 소리도 여물어 갔다.

 수택이네 집에서도 새벽부터 타작이 시작되었다. 한모로는 벼를 져 나르고, 한모에서는 때려라 소리를 연발하며 위세를 올렸다. 한모에서는 도급기(稻扱機)가 붕붕하며 돌아간다. 여인네들의 치맛자락에서도 바람이 난다.

수택이도 벗어 붙이고 지게를 졌다. 아직 다리는 휘청거리나 그래도 대여섯 묶음씩 져 날랐다. 인제는 벌써 그의 노동을 신성시하는 사람도 없었고, 동정하는 사람도 없었다. 그는 명실공히 한 농부였다. 서투른 낫질에 손가락을 두 개나 처맸지만 보는 사람도 그랬고, 그 자신도 그것은 큰 상처로 알지도 않을 정도까지 이르렀다. 아내 역시 호미 자루에 터진 손바닥이 아물지를 못한 모양이다. 그렇다고 혼자 일어나 앉아서 밤을 새워가며 울지는 않았다. 아프니, 자시니 했다가 그 말이 시아버지 귀에 들어가면 동정 대신에 핀잔을 맞을 것을 알기 때문이기도 했을 것이다. 가끔 그에게는 아버지가 남에게만 후하지 자식들한테는 너무 박하다는 불평을 말하는 때도 있었으나 그것은 그가 시인을 하는 정도로서 가라앉았다. 사실 그 자신도 다소 심하지 않은가 하는 불평은 여러 번 품었었다. 손에 익잖은 자식이 서투른 낫질을 하다가 손을 다치어도 먼저 핀잔부터 주었다. 그것은 어떻게 보면 증오와도 같은 것이었다.

그도 부리나케 볏단을 져 날랐다. 이 볏단의 대부분이, 아니 어쩌면 거의 전부가 낡아 빠진 맥고모자를 뒤꼭지에 붙인 되바라진 젊은 친구의 손으로 넘어가리라는 것을 잘 알면서도 수택은 그것을 억지로 생각지 않으려 했다.

그의 아버지도 그 우인이 나와서 버티고 선 후로는 분명히 얼굴에 검은 빛을 띠었다. 자식에게 그런 눈치를 안 보이려고 비상한 노력을 하는 것이 그것이라고 엿보였다. 수택도 아버지의 이 노력에 협조를 했다.

도합 스물두 마지기에서 사십 석이 났다. 사십 석에서 스물닷 섬이 소작료로 제해졌다. 사십 석에서 스물닷 섬 – 열닷 섬. 그의 지식은 처음 긴요하게 씌어졌다.

그러나 이 지식은 정확성을 갖지 못한 것이었다. 거기서 비료 대로 한 섬 두 말이 제해졌고, 아내와 계집아이들의 설사를 치료한 쌀값으로 장리변을 쳐서 열 말이 떼었다. 지세도 작인과 지주가 반분해서 물기로 되어 있었다. 지세로 또 몇 말인지 떼었다. 그는 말질을 하는 되감고가 바로 지주나 되는 것처럼 그의 손목이 미웠다. 우르르르 덤비어 말감고의 목덜미를 잡아 낚으고 볏더미 속에다 처박고 싶은 충동을 이를 악물고 참는 것이었다.

수택은 아버지를 쳐다보았다. 그 옴팡하니 들어간 눈에서는 황혼을 뚫고 무시무시한 살기 띤 빛이 발하는 것이었다. 그는 방공 연습을 할 때의 그 휘황한 몇 줄의 탐조 등 광선을 연상하였다. 김 영감은 꼼짝도 않고 한자리에 서 있었다. 볏더미를 보는가 하면 그렇지도 않았다. 사람을 노리는가 하면 그것도 아닌 것 같았다. 영감은 내년 이때까지 살아갈 길을 궁리하고 있는 것이었다.

"자, 짊어져라!"

수택은 깜짝 놀랐다. 남은 벼 여남은 섬이 가마니에 채워졌다. 전혀 자신은 없었으나 벼 이백 근을 못 지겠노란 말도 하기 싫어서 지겟발을 디밀었다.

"엇차!"

"자 들어줄 게니, 엇차!"

그는 있는 힘을 다해서 무릎을 세우려 했다. 그러나 오금은 뜨는 둥 마는 둥 하다가 그대로 폭 꺾인다. 안 되겠느니 다른 사람이 지라느니 이론이 분분하다. 그래도 그는 아버지의 명령이 떨어지기까지는 버티었다. 이를 북북 갈며 기를 썼다. 힘을 북 주었다. 오금이 떨어졌다. 그러나 다리가 헌청하며 모여선 사람들의 "저것 저것" 소리를 귀 곁에 들으며 그대로 픽 한쪽으로 넘어가고 말았다. 넘어간 순간,

"에이끼 천치 자식."

하는 김 영감의 소리와 함께 빗자루가 눈앞에 휙 한다. 머리에 동였던 수건이 벗겨졌다.

"나오게 내 짐세, 나와."

하는 누군지의 말을 영감의 호통 같은 소리가 삼키었다.

"놔두게! 놔둬! 나이 사십이 된 자식이 벼 한 섬 못 지는가. 져

라 져, 어서 일어나!"

그는 이를 악물고 또 힘을 북 주었다. 오금이 번쩍 떴다. 뒤뚝뒤뚝 몇 걸음 옮겨 놓는데 눈과 콧속이 화끈하며 무엇인지가 흘렀다. 그러나 그는 그것이 무엇인지를 몰랐다.

"저 피! 코필 쏟는군. 내려놓게!"

하는 동리 사람들 소리 끝에,

"놔들 두게! 제 손으로 진 제 곡식을 못 져다 먹는 것이 있단 말인가! 놔들 두게."

수택은 눈물과 코피를 좍좍 쏟아 가면서도 그래도 자꾸 걸었다. 내일은 우리 논 닷 마지기의 타작이다! 그는 이런 생각을 억지로 즐기려 노력을 했다.

계용묵 대표 단편선 해설

백치 아다다

■ 작가에 대하여

계용묵 [桂鎔黙, 1904. 9. 8. ~ 1961. 8. 9.]

본명은 하태용(河泰鏞). 1927년《조선 문단》에 단편 소설 〈최 서방〉이 당선되면서 본격적으로 작품 활동을 시작하였다. 단편 소설 작가로서의 활동을 시작한 이후, 〈인두 지주〉 등 현실에서 고통 받는 사람들에게 관심을 두고 경향성을 띤 작품을 발표하다가, 1935년 〈백치 아다다〉를 통해 정신적 불구자를 내세워 물질만을 추구하는 사회에 비판을 시도하면서 주목받기 시작하였다.

해방 후에는 이념간의 갈등으로 가득한 문단적 상황에 얽매이지 않는 중간적 입장을 고수하면서 인간의 순수성을 그렸는데, 특히 인간의 존재와 삶의 의미를 탐구하고 평범한 사람들의 삶의 애환을 담은 단편 창작에 관심을 기울였다. 대표작으로는 〈백치 아다다〉, 〈인두 지주〉, 〈병풍에 그린 닭이〉, 〈별을 헨다〉 등이 있다.

백치 아다다

◆작품 개관

이 작품은 벙어리에 백치인 한 여자가 원하던 일상의 행복이 물질에 대한 탐욕으로 가득한 주변 사람들에 의해 무너져 가고, 결국엔 목숨까지 잃게 되는 비극적인 이야기를 담고 있다. 아다다는 겉으로 보기에는 정상적이지 않지만 물질적 탐욕을 부리는 사람들보다 더 정상적이다. 이 작품은 아다다를 통해 인간이 진실로 가져야 할 것은 무엇인가를 돌아보게 한다.

◆줄거리

아다다는 괜찮은 집안에서 태어났으나 벙어리에 백치라는 이유로 열아홉 살이 되도록 시집을 못 간다. 열심히 했던 일이 실수로 이어지면 어머니는 머리채를 휘어잡거나 호되게 혼을 내는 등 아다다에게 차갑고 무섭게 대한다. 결국 대충 치우듯 논 한 섬지기를 지참금 삼아 가난한 남자에게 시집을 가게 되는데, 가난하게 지내 왔던 시집 식구들은 당장의 경제적인 어려움을 해결해 준 아다다에게 잘 대해 주고 아다다는 그제서야 따뜻한 가족의 사랑을 느끼며 행복을 느낀다. 그러기를 오 년, 그녀가 지참금으로 가지고 간 논이 불어나 생활에 여유가 생기자 남편은 아다다를 구박한다. 남편은 마음에 드는 여자를 새 아내로 삼고, 시댁 식구들마저도 아다다를 구박한다. 아다다는 구박을 이기지 못해 집을 나와 친정으로 돌아가지만, 친정에서도 역시 아다다는 구박받는 존재일 뿐이다.

이에 아다다는 자신을 사랑해 주는 수룡이라는 총각과 신미도라는 섬으로 도망치고, 그곳에서 행복을 느낀다. 어느 날 수룡이는 자랑스럽게 그동안 모은 백오십 원을 보여 주며 농사 지을 땅을 살 돈이라고 한다. 하지만 아다다에게 돈은 시댁에서 불행을 불러온 무서운 존재다. 아다다는 잠을 이루지 못하다가 아침 일찍 바닷가로 가서 불행의 씨앗으로 느껴지는 그 돈을 바다에 던져 버린다. 아다다를 뒤쫓아 온 수룡이는 바다에 떠내려가는 돈을 건지려고 노력하지만 실패한다. 분노에 찬 수룡은 벌벌 떨고 있는 아다다를 사정없이 발길로 차고, 아다다는 언덕에서 굴러 물속에 잠겨 죽고 만다.

◆ 작가와 작품

물질 만능주의에 대한 비판의 칼날

계용묵은 1930년 당시 평북 선천 지방에서 실제로 있었던 한 벙어리의 이야기를 바탕으로 이 작품을 썼다. 이 작품은 1930년대 평안도 어느 마을과 신미도라는 커다란 섬을 배경으로 주인공인 아다다의 눈을 통해 보인 세상의 인심을 이야기한다. 계용묵은 전지적 작가 시점으로 서술한 이 작품에서 사람들의 물질 만능주의를 비판하는데, 비극적 삶을 마감한 아다다의 이야기를 통해 인간의 '삶의 가치'를 결정하는 것은 돈이나 땅과 같은 물질이 아닌 진정한 사랑과 행복이라는 점을 이야기한다.

◆ 작품의 구조

물질불행의 씨앗 '돈'

이 작품에서 사람들은 '돈'으로 관계를 맺고, 대립하며, 행복하다가도 불행해진다. 아다다의 지참금은 가난한 시댁 식구들에게 마치 구원과도 같은 것이었지만, 후에 불어난 돈은 아다다를 시댁 식구에게서 구박받게 하는 이유가 된다. 아다다에게 '돈'은 불행의 씨앗과 같다. 아다다가 원하는 것은 그저 자신을 사랑해 주는 가족과 행복하게 일상의 생활을 이어가는 것이다. 아다다는 듣지도, 말하지도 못한다. 또한 계산적인 생각을 할 줄 모르는 백치이다. 아다다는 자신의 생각을 소리내어 말하지 못하는 장애를 가지고 있기 때문에, 세상 모든 것을 경제적인 이득으로 계산하려는 사람들과는 다르다. 물질적으로 부유해지면, 가지고 있던 마음이나 사랑을 아무렇지도 않게 팽개쳐 버릴 수 있는 사람들과 아다다는 어쩌면 태생적으로 다를 수밖에 없다.

아다다가 수롱에게서 돈을 빼앗아 바다에 던질 수밖에 없었던 이유는, 그녀는 한 번도 돈으로 인해 행복해 본 적이 없었기 때문이다. 돈의 노예가 된 수롱으로 인해 다시 한 번 이 행복을 뺏길까 두려웠던 아다다가 택한 방식은 그 불행을 바다에 내다 버리는 일이었으나, 결국 수롱의 분노로 죽음을 맞이하게 된다. 수롱 역시도 아다다에 대한 사랑보다는 그 백오십 원의 가치가 더 소중했던 것이다.

◆작품의 감상과 수용

탐욕에 대한 반성

이 작품은 말 못하는 '아다다'와 돈에 눈이 어두운 인간들의 대립과 그로 인한 비극적 결말을 그리고 있다. 즉 삶의 행복을 각각 순수한 사랑과 물질적 욕망이라는 서로 다른 것에서 구하려는 대립된 두 유형의 사람을 통해서 정신적 삶과 물질적 삶의 충돌을 형상화한다. 이와 같은 두 유형의 사람들을 대립적으로 제시해 물질만을 추구하는 삶이 과연 옳은 것인가, 순수한 마음과 사랑의 가치는 잊고 있는 것은 아닌가 하는 질문을 던진다.

이 작품에서 아다다는 여러 가지 불행 속에서도 인간으로서 존재 가치를 되새기게 한 사랑에 대한 욕구를 가진다. 아다다의 사랑과 행복에 대한 욕구, 가족의 구성원으로 인정받기를 원하는 욕구가 물질적 욕심에 빠진 사람들게 버려지는 과정을 통해, 물질만을 추구하는 사람들의 비도덕성을 고발한다.

◆작품에 반영된 현실

돈이면 무엇이든 하는 사회

1935년 5월에 발표된 이 작품은 당시 사회에 널리 퍼져 있던 물질 만능주의에 대한 비판을 담고 있다. 그 시절 약자의 위치에 놓일 수밖에 없던 여성 아다다가 벙어리라는 신체적 장애에, 백치라는 정신적 장애까지 가진 것으로 그려진 것은, 아다다의 삶이 '정상인'과는 다를 수밖에 없다는 점을 강조하기 위한 장치이다. 하지만 정작 아다다는 정상인과 다를 바 없이 일해 보려 노력하고, 남편과 좋은 가정을 꾸리고 싶어 하며, 한 남자에게 사랑받고

자 한다. 이것은 장애를 가진 사람이라고 해서 인간적 욕구가 없는 것은 아니라는 사실을 전해 준다.

그러나 어머니는 일을 하다 실수를 저지르는 아다다를 무섭도록 구박하고, 남편은 돈이 많이 생기자 아다다를 버리며, 수롱은 아다다가 돈을 바다에 던져 버리자 분노에 눈이 먼 나머지 아다다를 죽음의 길로 몰아간다. 이와 같은 정상인들의 물질에 대한 탐욕이야말로 아다다의 행복을 방해하는 장애물이다. 행복을 추구하는 데 신체적, 정신적 장애는 아무런 문제가 되지 않지만 오히려 다른 이들이 가진 편견과 욕망이 아다다를 결국 비극적인 결말로 몰아가는 것이다.

이처럼 이 작품은 물질적 탐욕이 결국 누군가의 행복을 좌절시킬 수 있으며, 물질 만능주의가 결코 정신적인 행복 추구보다 우월하지 않다는 것을 말해 준다.

조명희 대표 단편선 해설

낙동강

■ 작가에 대하여

조명희 [趙明熙, 1894. 8. 10. ~ 1938. 5. 11.]

호는 목성(木星), 적로(笛蘆), 포석(包石, 抱石) 등. 충북 진천 출생. 유학 시절에는 잠시 무정부주의 계열의 흑도회라는 사상 단체에 가입하여 활동한 것으로 알려져 있으며, 김우진과 함께 극예술협회를 조직하였다.

  카프(KAPF)의 창립 당시 구성원 중 한 명으로 활동하면서 당시 사회 지식인들의 생활의 어려움이나 이주한 농민들의 비참한 삶, 농촌의 현실에 대한 변화의 모색, 계급적 의식을 담은 작품 등을 다양하게 발표하였다. 대표작으로는 〈땅 속으로〉, 〈R군에게〉, 〈농촌 사람들〉, 〈낙동강〉, 〈한여름 밤〉 등이 있다.

낙동강

◆작품 개관

이 작품은 '박성운'이라는 독립 운동가이자 사회주의자인 한 남자의 일생을 통해 사회주의 이념과 민족주의 사상을 형상화한 작품이다. 수탈과 억압에 맞서는 저항이 개인의 분노에서 끝나는 것이 아니라, 조직적인 힘으로 이어지는 차원을 보여 주면서 당대 사회 의식의 성장에 대해 이야기한다.

◆줄거리

낙동강 어부의 손자이자 농부의 아들인 박성운은 농업 학교를 졸업한 후 군청 농업 조수로 일한다. 독립 운동이 일어나자 직장을 그만두고 참여하였다가 감옥에 갇히는데 나와 보니 어머니는 세상을 떠났고, 아버지는 집도 없이 누이동생에게 얹혀살고 있다. 서간도로 이주한 후에도 힘든 삶이 계속되자 다시 귀향하여 소작 조합 운동을 전개하며 지주의 횡포에 대항해 소작 쟁의를 일으킨다.

성운이 살던 낙동강변 마을에는 동네 사람들의 일터 구실을 하던 하천 부지가 있었는데, 그곳이 갑자기 일본인의 소유가 되자 성운을 앞세운 마을 사람들의 격렬한 항의가 시작된다. 일제는 이들을 힘으로 제압하고, 성운을 주모자로 끌고 가 모진 고문을 하는 과정에서 병이 생겨 보석으로 풀려난다. 한편, 성운의 농민 운동에 감화된 백정의 딸 '로사'가 농민 운동에 뛰어든다. 두 사람은 혁명 동지이자 연인으로서 같은 길을 갈 것을 다짐한다. 병이 점점 악화되어 성운은 끝내 사망하고, 로사는 성운이 당부한 대로 '혁명의 폭발탄'이 되기를 다짐하면서 고향을 떠나 중국으로 간다.

◆ 작가와 작품

수탈과 억압에 대한 저항

조명희는 카프 문학의 대표작인 〈낙동강〉을 통해 사회주의 이념을 강조한다. 하지만 이 작품에서는 사회주의 이념뿐 아니라 일제가 우리 민족을 억압해 온 방식과 더불어 그에 반발한 우리 민족의 모습을 그려 낸다. 사회주의 사상을 가진 박성운이 사람들을 이끌어 부당한 현실에 맞서는 모습에서 '계급 해방'이라는 이념도 드러나지만, '민족 해방 운동'이 고조되는 모습과 좌절되는 모습을 통해 민족주의적인 경향을 더 강하게 확인할 수 있다. 이와 같은 이유로 〈낙동강〉은 작가 조명희의 민족 해방 투쟁의 이념을 확인할 수 있는 작품으로 평가받는다.

◆작품의 구조

일제의 잔인성 폭로

이 작품은 사회주의 사상을 가진 '박성운'의 일생을 통해 민족 해방 운동의 과정을 보여 준다. 이 작품에는 서간도로 이주했다 귀향한 박성운이 사회주의자가 되어 소작 조합 운동을 전개하는 모습이 나오는데, 이는 3·1 운동 이후 독립을 위한 투쟁이 민족주의 이념에서 사회주의 이념에 바탕을 둔 것으로 변모하고 있음을 보여 준다. 하지만 주인공 박성운이 보여 주는 운동의 모습은 민족주의적인 면모가 강하다. 그는 계급 해방이라는 사회주의적인 목표를 추구하면서도 민족에 대한 일제의 수탈과 잔인성을 폭로한다. 또한 일제가 성운에게 가한 고문과 그로 인한 성운의 죽음은 그 자체로서 일제의 잔악성을 폭로하는 역할을 한다.

◆작품의 감상과 수용

　　사회 일원으로 함께 분노하기

조명희는 일제의 수탈과 억압이 비인간적이고 무사비했음을 드러내면서 이러한 일제의 만행이 개인적 차원의 반발이나 분노로 그칠 것이 아니라 개인을 대표하는 사람이나 조직을 통한 사회 운동으로 이어져야 한다는 점을 이야기한다. 성운을 통해 민족주의 운동의 흐름을, 로사를 통해 진보적인 여성관을 보여 주는데, 성운이 로사에게 당부한 말을 통해 봉건적인 의식을 하나씩 깨 나가야 한다는 작가의 숨은 목소리를 들을 수 있다.

◆작품에 반영된 현실

　　민중들의 사회 의식 성장

이 작품은 1920년대 피폐한 농촌의 현실을 개혁하고자 한 사회주의자이자 독립운동가의 모습을 보여 주는 작품이다. 박성운이 지닌 사상은 사회주의였으나, 그가 전개한 독립 운동의 요소는 일제의 만행 아래 밟혀 쓰러지는 우리 민족을 구제할 방법을 찾는 민족주의에서 비롯한 것이다. 비록 주인공의 바람은 성공하지 못하고 일제의 고문 아래 좌절되지만, 한 사람의 신념과 실천으로 민중의 의식이 성장해 나가는 과정을 확인할 수 있다.

최서해 대표 단편선 해설

탈출기 / 홍염

■ **작가에 대하여**

최서해 [崔曙海, 1901. 1. 21. ~ 1932. 7. 9.]

본명은 최학송(崔鶴松), 호는 서해(曙海)·설봉(雪峰). 함경북도 성진의 가난한 집안에서 태어나 막노동과 품팔이 등의 어려운 생활을 하였으며, 이런 가난의 체험이 나중에 그의 작품에 영향을 미치게 된다. 1924년 〈고국(故國)〉이 《조선 문단》에 추천되면서 등단하였으며, 카프(KAPF)의 일원으로 활동하였다.

그는 초기 작품에서 체험을 바탕으로 한 가난한 하층민의 삶을 그려 내는 계급 의식을 다루는 작가로 활동하였으나, 그 후 시대 의식과 역사의식을 실감 있게 다루면서 현실성과 낭만성을 다양하게 수용하였다는 평가를 받는다. 대표작으로는 〈탈출기〉, 〈홍염〉, 〈박돌의 죽음〉, 〈기아와 살육〉, 〈전아사〉, 〈갈등〉 등이 있다.

탈출기

◆**작품 개관**

이 작품은 일제 강점기에 간도로 이주했던 이주민들의 비참한 생활을 작가의 체험을 바탕으로 그려 낸 작품으로, 편지글의 형식을 통해 주인공의 내면 심리를 더욱 효과적으로 보여 준다.

◆**줄거리**

'나'(박 군)는 자신이 탈가(脫家)한 이유를 친구인 김 군에게 편지로 밝힌다. '나'는 오 년 전 어머니와 아내를 데리고 새 삶의 터전이요, 기름진 땅이라는 간도를 찾았다. 그곳에서 무지한 농민을 가르쳐 이상적인 마을을 만들겠다는 부푼 꿈이 있었다. 그러나 도착한 지 한 달도 못되어 꿈은 깨지고 만다. 간도에는 빈 땅이 거의 없었고, 어쩔 수 없이 중국인 소작인 노릇을 해 보지만 빚을 갚고 나면 남는 게 없다. 성실하고 정직하게 살면 잘 살 수 있다는 신념으로 노력하지만 빈곤은 날로 심해 간다. 어느 날 일거리를 얻지 못하고 지쳐서 집에 돌아간 '나'는 임신한 아내가 귤 껍질을 먹는 것을 보고 심한 갈등과 자책감에 빠진다. '나'는 생선(대구)을 팔아 콩으로 바꾸어 두부 장수를 하면서 가족들을 먹이는데, 겨울이 닥쳐오자 두부를 만들기 위해 필요한 땔나무를 얻으려고 산에 가서 몰래 나무를 하다가 순사에게 수없이 잡혀 매를 맞는 일상이 반복된다.

'나'는 세상에 충실하고자 했으나 세상은 '나'와 어머니와 아내까지도 멸시하고 학대했다. '나'는 부지런한 사람이 잘 살 수 없는 것은 개인이 잘못해서가 아니라 사회의 구조에 문제가 있는 것을 깨닫고, 어머니와 아내와 자식까지 버리고 ○○단에 가입한다.

◆작가와 작품
자신이 겪은 가난의 서술
최서해는 자신이 겪었던 가난을 토대로 간도 이주민들의 비참한 현실을 사실적으로 묘사했다. 실제로 이 작품에서 묘사되는 여러 가지 사건은 최서해가 실제로 경험한 것이거나 주변의 경험을 목격한 것을 옮긴 것이다. 소설은 본질적으로 허구이지만 이렇게 작가의 체험을 기반으로 한 작품은 허구의 짜임새를 탄탄하게 하고 사실성을 강화시켜 준다.

최서해는 이 작품을 편지글의 형식으로 그리는데, 이런 형식을 통해 주인공의 내면 심리가 어떻게 변화하였는지를 뚜렷하게 알 수 있게 된다.

◆작품의 구조

개인의 노력으로는 벗어날 수 없는 인간의 굴레

이 작품은 주인공 '박'(나)이 빈궁에 시달리는 가족을 버리고 ○○단에 가입하여 사회 운동을 하게 된 이유를 친구인 김 군에게 고백하는 편지글 형식을 취한다. 이를 통해 가난과 사회 제도의 불합리 때문에 집을 떠날 수밖에 없는 자신의 삶을 이야기한다.

'나'는 부지런한 사람으로, 행복하게 살고자 하는 순수한 목표를 가지고 간도를 찾았다. 하지만 꿈의 땅인 줄로만 알았던 간도에서 삶은 더욱 비참하고 가난하다. 부지런히 일해도 점점 더 어려워져만 가는 현실 속에서 '나'는 그것이 개인의 잘못이 아니라 사회적인 제도에서 비롯한 것임을 알게 된다. 그러한 현실을 바꾸기 위하여 사회주의 단체에 가입하는데, 그것은 당시 사회의 모순에 대항하는 방법이기도 했다.

◆ **작품의 감상과 수용**

'나'가 보낸 편지

일제 강점기에 최소한의 생존마저 어려웠던 우리 민족의 슬픔과 한(恨)을 표현한 이 작품은, 주인공인 '나'가 가정을 버리고 ○○단에 가입해야 했던 사연을 친구인 김 군에게 설명하는 편지 형식의 소설이다. 서술 방식의 특징 때문에 독자는 스스로 편지를 받는 김 군이 되어 박 군의 호소를 듣게 되는데, 그런 이유로 사회적 제도의 모순이 만든 가난한 사람들의 불행한 삶에 더욱 공감하게 된다. 또한 ○○단에 가입하는 '나'의 모습을 통해서 이러한 사회적 단체의 활동이 사회 제도의 모순을 바로잡는 최선의 길이라고 여기는 작가의 의식을 엿볼 수 있다.

◆ **작품에 반영된 현실**

비참한 삶의 경험을 생생하게 묘사하기

〈탈출기〉는 1920년대에 간도로 이주한 이주민들의 비참한 삶을 다룬 작품이다. 당시 일제의 탄압과 가난에서 벗어나기 위해 고향을 버리고 이주한 사람들은 기대와 다르게 품삯을 받고 일하거나, 형편이 좋아도 소작농 정도로 살면서 실제로 손에 쥐게 되는 것은 거의 없는 상황에 처한다.

이런 상황 속에서 고통을 겪는 사람들의 모습은 실제로 최서해가 직접 겪고 느낀 바가 형상화된 것이다. 그래서 이 소설에 등장하는 간도 이주민들의 어려움은 곧 그 당시의 현실로 볼 수 있다.

홍염

◆작품 개관

간도를 배경으로 겉으로는 중국인과 조선인 사이의 갈등을, 속으로는 계급 간의 갈등 이야기하는 작품이다. 당시 이런 경향을 가진 다른 프로 문학과 비슷하게 불 지르기와 살인이라는 결말을 통해 갈등의 해결을 보여 준다.

◆줄거리

조선에서 소작농으로 살던 문 서방은 서간도로 이민을 가서도 어쩔 수 없이 중국인의 땅을 소작하는 소작농이 된다. 중국인 지주인 인가는 지나친 소작료를 요구하다 문 서방이 이를 감당하지 못하자 이를 핑계 삼아 딸인 용례를 데려간다. 그 이유로 병이 난 문 서방의 아내는 딸을 보고 싶어하고, 문 서방은 인가에게 사정하지만 매번 쫓겨난다. 결국 문 서방의 아내는 딸을 보는 소원을 이루지 못하고 죽고, 문 서방은 결국 인가의 집에 불을 지르고 살인을 한다.

◆작가와 작품
자신이 보고 겪은 것

최서해는 만주와 간도를 방랑하며 여러 가지 밑바닥 직업을 전전했던 경험을 가지고 있다. 최서해의 창작은 이러한 경험을 바탕으로 하는데, 특히 이 작품의 바탕이 된 간도 지방은 중국인의 땅이었으며, 당시 그곳으로 이주한 우리 민족은 가난과 멸시라는 고난을 겪었다. 최서해는 이런 환경 속에 살고 있는 우리 민족의 모습을 통해 비극적인 삶과 현실을 고발하고, 현실에 저항하는 모습을 보여 준다.

◆작품의 구조
모든 것을 빼앗긴 남자, 그 저항의 방식

눈보라가 치는 간도는, 살기 위해 차갑고 척박한 땅으로 갈 수밖에 없는 시대의 운명을 보여 주는 땅이다. 이곳에서 가난한 사람들을 대표하는 이가 바로 문 서방이다. 문 서방은 수탈당하는 농민의 생활을 견디지 못해 이주하지만, 이곳에서도 사정은 마찬가지이다. 가족마저 빼앗길 수밖에 없는 시대, 사람마저 물건처럼 빼앗고 찾아와야 하는 사회에서, '인가'로 대표되는 가진 자들은 제거의 대상이 된다. 이에 문 서방은 불 지르기와 살인을 통해 이를 시도한다.

◆ **작품의 감상과 수용**

거대한 불꽃이 남긴 것

〈홍염〉은 '붉은 불꽃'을 의미한다. 이 붉은 불꽃의 파괴적 이미지는 기존의 지주와 소작농이라는 질서와 방식에 대한 파괴를 이야기하고, 이것은 불 지르기와 살인이라는 행동으로 나타난다. 따라서 이 작품의 전체적인 이미지는 모든 것을 파괴하는 거대하고 붉은 불꽃의 이미지로 대표된다.

당시 프로 문학은 이처럼 계급 간의 대립에서 일어나는 문제를 다루고자 했다. 하지만 저항의 방법이 극단적인 불 지르기와 살인이었다는 것, 다시 말해 해결책 없이 사건을 저지르기만 한다는 점이 당시 프로 문학이 가지고 있었던 한계점이다.

◆작품에 반영된 현실

유랑하는 조국의 운명 앞에 유랑하는 민족

홍염의 배경이 된 1920년대는 일제에 의한 경제적 수탈이 강화되어 우리 민족이 극도의 궁핍에 시달리다 못해 여기저기로 떠돌며 유랑하던 시대였다. 고국을 떠나 간도나 만주 지방에 이주한 우리 민족은 살기 위해 고향과 조국을 버리고 떠나왔음에도 불구하고, 궁핍뿐 아니라 민족적인 멸시라는 고통까지 함께 겪어야 했다. 최서해 역시 실제로 이 지역을 유랑하며 살았던 사람이다. 따라서 그가 직접 보고 겪으며 그린 이 유랑민의 고통은 매우 사실적이어서 더 고통스러운 현실이 된다.

이무영 대표 단편선 해설

제1과 제1장

■ 작가에 대하여

이무영 [李無影, 1908. 1. 14. ~ 1960. 4. 21.]

본명은 이용구(李龍九). 충북 음성 출생. 휘문 고보 중퇴. 〈의지 없는 영혼〉, 〈폐허〉를 발표하여 문단에 등단하였다. 그는 카프(KAPF)의 구성원은 아니었지만, 그 영향을 받아 작품을 창작한 것으로 평가받는다. 그는 평생 농촌과 농민들의 생활상을 작품화했으며, 특히 광복 후에는 농민들의 역사적 수난과 그에 대한 저항을 다룬 농촌 역사 소설을 장편으로 발표하여 한국 농민 문학의 대표적인 작가로 손꼽힌다. 대표작으로는 〈지축을 돌리는 사람들〉, 〈거미줄을 타고 세상을 건너려는 B녀의 소묘〉, 〈꾸부러진 평행선〉, 〈제1과 제1장〉, 〈청기와집〉, 〈농군〉, 〈농민〉 등이 있다.

제1과 제1장

◆작품 개관

이 작품은 도시 생활에 지친 수택이 고향으로 돌아가 진정한 농민이 되기 위해 노력하는 과정을 담고 있다. 지식인 수택을 고향으로 돌아가게 만든 '흙냄새'는 농촌 공동체의 인간적인 모습을 상징하는데, 지식인인 수택이 진정한 농민이 되기 위해 애쓰는 과정을 보여 주면서 순간순간의 후회나 어려움 역시 그 '흙냄새'를 통해 극복해 가는 모습임을 보여 준다.

◆줄거리

수택은 가족을 데리고 고향으로 내려온다. 수택은 얼마 전까지 일급 팔십 원을 받는 신문사 기자였으며, 소설가이기도 했다. 그는 기자 생활이 자신의 작가 생활을 망쳤다고 생각하여 농촌 생활에 뜻을 두고 시골로 내려가는 길이다.

수택은 본격적인 시골 생활을 시작하는데, 그는 우선 퇴직금 백오십 원으로 면장의 첩이 쓰던 집을 살림집으로 구입한다. 그리고 아버지 김 영감이 시키는 대로 꼴베기도 해 보고 밭일도 해 본다. 그 모두가 힘에 겹고 도시에서 생각하던 것보다 낭만적이지 않다. 벼가 익고 볏단이 쌓이는 것을 보며 수택은 시골에 내려온 보람을 잠시 느끼나 추수한 속에서 비료대와 설사 치료비, 세금이 떼어지는 것을 보고 착잡한 심정이 된다.

그의 몫으로 남은 벼 여남은 섬이 가마니에 채워지고, 다른 사람들은 그것을 거뜬히 지고 가나, 수택은 이백여 근이 되는 무게를 이기지 못하고 코피를 쏟는다.

◆작가와 작품

농촌과 도시 간의 대립

이무영은 〈제1과 제1장〉에서 도시와 농촌, 개인과 공동체의 대립 구조를 통해 농촌 공동체의 가치를 일깨워 준다.

이 작품에는 농촌을 절대적으로 선한 세계인 이상적인 곳으로 보여 주는데, 그러면서도 결코 농촌 생활이 쉬운 것이 아님을 귀농한 수택이 겪는 어려운 상황들을 통해 말해 준다.

◆**작품의 구조**

도시의 지식인이 농부가 되기까지

이 작품은 도시 생활을 하던 수택이 도시 생활에 염증을 느끼고 고향으로 돌아와 농촌 생활에 적응해 나가는 과정을 섬세하게 묘사하였다. 수택은 농촌 생활에 회의를 느끼고, 소작 제도의 부당함에 때로는 울분을 터뜨리기도 하며, 자신을 패배자라고 생각하기도 하지만, 철저한 농민이 되기 위한 노력을 묵묵히 계속해 나간다. 수택이 고향에 내려온 이유는 '흙냄새' 때문인데, 흙냄새는 단순한 흙의 냄새, 땅의 냄새를 넘어서 농촌 공동체의 따뜻한 인간애를 상징한다. 글조차도 쓸 수 없어 떠나온 각박한 도시와 대비되는 이런 농촌의 모습을 통해 비인간적인 도시 문명을 비판하면서, 지식인이 어려움 속에서도 포기하지 않고 노력하여 진정한 농부가 되는 과정을 그려 낸다.

◆**작품의 감상과 수용**

진정한 흙냄새를 찾아가는 방법

수택에게 '흙냄새'는 답답한 기자 생활을 탈출하게 하는 일종의 편안함, 고향에 대한 그리움과 같은 추상적인 이미지였다. 하지만 성실한 농부이자 농촌 공동체의 일원인 아버지에게서 배운 '흙냄새'는 결국 함께하는 사람들에 대한 사랑이 기반된, 공동체의 진정한 의미와 관련된 것이다. 이와 같이 수택이 '진정한 흙냄새'에 대해 알아가는 과정을 통해 각박한 삶을 사는 도시인을 위로하고, 농촌 공동체의 따뜻함을 전해 준다. 또한 도시인이 농부가 되는 낯설고 어려운 과정을 통해 농촌이란 도시는 지식인들이 계몽해야만 하는 대상이 아니라는 점도 분명하게 보여 준다.

◆작품에 반영된 현실

농민의 삶을 개척하는 방법

1930년대 일제는 가혹한 경제적 수탈을 가했는데, 당시 사회가 농업을 기반으로 이루어져 있었기 때문에 그러한 수탈 아래 가장 많은 피해를 입은 계층은 바로 농민층이었다. 토지를 빼앗기고 어렵게 살아야 했던 농민들은 부지런히 일해도 점점 가난해져 갔으며, 동시에 일제의 수탈에 맞설 수밖에 없었다. 작가 이무영은 지식인들이 일방적인 방식으로 농민들을 계몽시키는 것이 아니라, 오히려 그들이 농촌에서 배우고 지속해야 할 가치를 찾아내는 과정을 그렸다. 또한 농민 스스로의 필요성과 행동에 의해 재건되는 농촌의 모습을 그려 내고자 하였다.